큰 가슴의 발레리나

La Ballerine aux gros seins

큰 가슴의 발레리나

베로니크 셀 지음

김정란 옮김

문학세계사

―시니스트르?

―왜, 덱스트르?

―젖가슴들은 죽으면 어디로 가는 거지? 바구니 안에서 썩나?
화장(火葬)되나? 분류센터로 보내지나? 강물의 흐름을 따라가나?
우리 시골의 기름진 흙으로 들어가나? 파리들을 위한 잔치가 되
나? 꽃으로 다시 환생하는 걸까?

―몰라, 덱스트르. 알게 되겠지.

젖가슴의 여주인이 말한다. 제대로 하기 위해서는 세포의 민주주의로, 내 가슴들과 내가 분할되지 않은 세포 덩어리를 이루고 있었던 시간으로 돌아가야 할 것이라고. 이 말 없는 쌍둥이의 반수 상태 안에 잠기고, 내가 납작했던 시간들을 다시 찾아가고, 그것들이 삐죽 솟아 나오기 시작한 시간들을 대면하고, 점차 솟아오르는 그것들 위로 몸을 기울이고, 그것들을 달고 다녀야 하는 공포를 다시 체험해야 한다. 다른 세계로부터 튀어나온 폭탄들, 발레 바에서, 아카데미에서 시험 볼 때나 연말 공연에서 무대 한가운데에서 도약하고, 아다지오 동작과 베리에이션 동작을 할 때, 점점 더 무겁게 느껴지는 짐, 나는 그것들을 칭칭 감는 속옷 가게들로 돌아가 보아야 한다. 그 가게들이 아직 존재한다면 말이다. 그곳을 드나드는 남자들, 그것들과 사랑에 빠진, 또는 그것들을 순수하게 리비도적인 목적으로만 소환하는 남자들을 조사해 보아야 한다. 그것들이 영양을 제공하는 아이들, 그리고 그것들과 결혼한 남자들 입장에서 살펴보아야 한다. 거리, 전철, 식당들, 역들과 공항들에서 그것들을 갈망하는 말 없는 다수를 살펴보아야 한다. 왜냐하면, 사실, 내가 내 가슴들에 대해 무엇을 알고 있다는 말인가? 어쩌면 구경꾼들이 나보다 더 잘 알고 있는지도 모른다.

1

나의 첫 번째 안무인 〈난자와 정자〉로 돌아가 보아야 할 것 같
다. 그것은 부풀려진 에고를 가진 일급 무용수의 영광에 바쳐진
발레였다. 나는 태아가 태어나기 전 자궁 속 가슴들의 다성(多聲)
합창을, 스타카토, 레가토를 다시 들어야 한다. 양수 안에서 떠도
는 움직임을, 도약, 흔들림, 무릎 굽히기, 피아노 치듯 움직이는 손
가락, 자궁벽 위에서 통탕거리는 두 발을 기억해야 한다. 숲 가장
자리에서 이 모성에 재투자해야 한다. 두 발이 제5 포지션¹으로
벌어지며 삐걱대는 소리를 들어야 한다. 그리고 돌기를 이루고 있

---

1 발레 용어. 두 발을 X자로 포개어 바깥쪽 좌우로 돌리는 발의 다섯번째 기본 포지션.

는 나의 젖꼭지, 나의 예언적 유두, 미래의 젖이 가지게 될 야생 베리 색깔에 대해 나의 부모님이 언급하시는 것을 들어야 한다. 장래 어마어마한 모양이 될 나의 가슴, 모든 것을 망쳐버리게 될 그 가슴에 대해서. 왜냐하면 나는 발레리나가 되고 싶었기 때문이다. 그런데 젖가슴은 발레리나에게는 음악가가 듣지 못하는 것과 같다. 그것은 저주이다.

무대 입장은 머뭇머뭇 이루어진다. 그것은 산부인과 팀의 감시 하에 14시간 동안 계속된다. 물론 팀은 의욕이 충만하다. 그러나 탄생의 장면에서는 벌써 어쩔 줄 모르고 허둥댄다.

의학 팀 역을 맡은 사람들이 큰소리로 외친다.

—힘주세요.

어머니 역을 맡은 여성이 대답한다.

—아아아아아아아아아.

드디어 내가 나오자, 나는 급한 분장과 의상 세팅을 거친다. 사람들은 나에게 드물게 꼴불견인 타월 배내옷을 입힌다. 그리고 그 기저귀라니! 재난이다! 어떻게 넓적다리 사이에 그렇게 많은 종이를 차고 롱 드 장브[2] 를 제대로 할 수 있다는 말인가? 황달의 희생자가 된 나는 차이코프스키 작품에서 완전히 잊힌 노란 백조를 연기하는 것이다. 나는 간호사 팀에게 나를 지젤이라고 부르게 하고 산부인과 과장인 라벨 박사의 볼레로[3] 위에 토한다.

---

2 long de jambe. 한발로 서서 다른 한 발로 마루 위에 반원형을 그리는 동작.
3 라벨의 〈볼레로〉는 발레의 중요한 레퍼토리 음악. 탄생 장면을 발레 장면으로 묘사하고 있다.

내 운명에 대한 분명한 인식은 나에게 곧 나타나지는 않는다. 그 인식은 크레센도로, 벨로체 마 논 트로포[4] 로 전개된다. 나의 첫 번째 예술가의 방은 부모님 방과 목욕탕 사이에 있다. 나의 첫 번째 선생님 이름은 고양이다. 나는 매혹되어, 그 동물의 부드러운 걸음걸이, 그 유연함, 그 대담함, 날렵하게 뛰어오르기, 허공을 할퀴면서 환상을 좇는 아주 독특한 방식을 관찰한다. 나는 현기증 나는 추락에 대한 그의 분명한 취향을, 언제나 발을 딛고 아래로 뛰어내리는 그의 능숙한 솜씨를 눈여겨본다. 고양이의 안무는 나를 매혹한다. 고양이가 시야에서 사라지면, 나는 그가 다시 나타날 때까지 소리를 질러댄다.

나의 첫 번째 열광은, 배를 깔고 누워서, 두 손으로 버티면서 머리와 윗몸을 오랫동안 쳐들고 있는 것이다. 그 연습은 등 근육을 강화하는 데 더할 나위 없이 좋은 방법이어서, 나는 곧 네 발로 빠르게 이동할 수 있게 된다. 고양이처럼 사지의 동시화된 근육의 힘을 사용해서, 나는 속도를 올리기도 하고 줄이기도 하면서 일어났다가 숨었다가 앞으로 나아갔다가 뛰어오르고 그다음에는 쿵 하는 소리를 내며 다시 내려온다. 고양이는 그러는 나를 당황한 표정으로 바라본다. 고양이는 좁은 구멍 안으로 끼어 들어가는 방법, 무서워하지 않고 구덩이 안에 들어가는 법, 우아하고 활기 있게 허공으로 몸을 날리는 법을 가르쳐준다. 이 모든 것은 당시로써는 아주 현대적인 것이었다. 오늘날, 〈캣츠〉는 지구에서 가장

---

4 조용히 그러나 지나치지는 않게.

유명한 뮤지컬이다. 장 파브르가 새끼 고양이들을 허공에 던지면, 사람들이 야유한다. 그러나 1958년에 고양이들은 생생한 공연 예술 분야에서는 아직 주변적인 존재다.

첫돌이 되었을 때, 부모님은 걱정하시기 시작한다. 나는 이론적으로는 두 발 동물임에도 불구하고, 실제로는 아직 뒷발로 일어서지 못하고 있다. 부모님은 내가 천성이 게으른 탓이라고 생각하신다. 고양이를 멘토로 삼았기 때문에 걸을 생각을 하지 않는다는 가능성은 받아들이지 않으신다. 내 이동방식의 전환기였던 이 시기에, 가능한 한 오랫동안 네발 짐승으로 남아있는 것이 더 낫다는 확신을 가지기 위해서는 부모님이 걷는 것을 보는 것으로 충분하다. 인간으로서 이동한다는 것은 야심의 결핍을 드러내는 것이다.

우리는 매일 공원에 가서 바람을 쐰다. 엄마는 나의 예술가의 수레를 민다. 나는 고양이가 우리 산책에 함께 하기를 간절히 원하지만, 엄마는 이 점에 있어서는 단호했다. 수레는 야생동물들을 운반하기 위해 고안된 것이 아니다. 우리는 서커스 단원들이 아니다. 나는 점점 더 고양이를 닮아가고 있고, 점점 덜 엄마를 닮아가고 있다. 나의 기원에 대한 궁금증이 커진다. 나는 이 팽창되고, 서툴고, 주변에서 일어나는 아무것도 아닌 일에 숨이 차고, 우아하지 못한 털 뭉치로 자기 에너지를 낭비하는 이 육체의 논리적 연속이 아닐까? 어떤 실수가 있었음에 틀림없다. 누군가 나에게 털과 콧수염과 발톱 볼록살을 주는 것을 잊은 것이다.

그러나 가을이 되어 부드러운 초록색 잔디가 사라지고 그 자리를 갈색 진흙이 메우자, 어떤 신비한 힘이 나에게 두발 짐승 무리에 합류하라는 명령을 내린다. 두 손바닥의 도움을 받아, 나는 나의 현대식 수레 가장자리에 기대고 나의 하반신을 의자 가장자리로 미끄러지게 한 뒤, 회음부를 안으로 집어넣고, 내전근을 팽팽하게 당긴 다음, 공간 위에 선다. 내가 아름다움보다 기능성을 더 좋아했기 때문에, 이런 방식을 택했는지도 모른다. 나는 손잡이에 더 단단하게 기대기 위해서 의자에 배를 대고 돌아섰던 것이다. 내 발바닥이 땅에 닿기 전에, 내 몸이 흔들리고, 망설였을 수도 있다. 좋은 전략을 마침내 찾아내기 위해 전에 여러 전략을 택했을 수도 있다. 나는 오래전부터 걷기 위해 노력했고, 그날이 첫 번째 시도가 아니었을 수도 있다. 그러나 내가 어떤 기술을 택했든, 그날 나는 처음으로 걸었다.

그곳에 내가 걷는 모습을 볼 사람이 아무도 없다는 사실 때문에 실망한 엄마의 모습을 상상해 본다. 아빠는 일하고 계셨다. 제비들, 명매기들, 꾀꼬리들, 무당새들과 검은 딱새들이 은신처에서 날씨가 온화한 대륙을 향해서 날개를 퍼덕였다. 그래서 엄마가 11월의 음산한 금요일에 텅빈 공원에서 "우리 아기가 걸어요!"라고 감탄하며 외쳤을 때, 그것은 약간은 니진스키가 1909년 샤틀레 극장에서 〈목신의 오후〉를 공연하던 날과 비슷했다. 실패, 좌절. 관중은 준비되어 있지 않았다. 또는 내 경우에는 관객이 없었다. 결국 둘 다 똑같이 실패다.

1 bis

내 이름은 덱스트르다. 나는 내 쌍둥이 형제 시니스트르에게 두 번째 자리를 남겨주고 세상에 먼저 나왔다. 그날 우리에게 주어진 통로가 좁았기 때문에 어쩔 수 없는 일이었다. 우리는 1958년 8월 9일, 어떤 부풀은 배의 어둡고 관능적인 경계가 모호한 장소에서 태어났다. 작은 유방들, 오돌토돌한 피부, 기름지고 투명한 반죽으로 막혀 있는 모공들. 우리는 공기와 접촉하자 딱딱해졌다. 우리 아래에서 허파들이 폭발했다.

우리는 알지 못하는 손들 아래에서 떨었고, 탈지면과 소독약 아래에서 전율했고, 주사기에 닿았을 때 펄쩍 뛰었다. 우리는 따뜻한 물속에서 다시 부드러워졌고, 반쯤 열린 창가에서 단단해졌고,

향기로운 크림과 진정시켜 주는 파우더, 몸에 좋은 연고를 바르고 만족했다. 우리는 형광등의 창백한 빛을 마셨고, 향수가 많이 뿌려진 머리카락을 맞이했고, 어떤 턱수염의 무성한 털과 접촉했고, 어떤 배의 몰랑몰랑함을 느꼈고, 이불의 부드러운 감촉을, 완전한 잠 속으로 빠져들어 가기 전에 배내옷의 폭신폭신함을 느꼈다. 사나운 허기만이 우리를 그 잠으로부터 뽑아냈다. 우리는 늑대 한 마리라도 먹어치울 수 있었을 것이다.

사람들은 우리에게 어떤 노동도 강요하지 않았다. 반면에 심장은 규칙적으로 끊임없이 뛰었고, 허파는 끊임없는 일렁임으로 펄떡댔으며, 소화기관은 쉴 새 없는 운동에 종속되어 있었다. 엄밀한 의미에서의 소화 안에서 어떤 역할도 하지 않았으므로, 우리는 동일화의 노동에 수반되는 끔찍한 고통을 겪지 않아도 되었다. 사람들은 우리가 우리의 극단적인 감수성을 잘 활용할 것만을 기대했다. 우리의 살 안에서 느끼기, 밖으로부터 오는 요구에 대한 뛰어난 해석자가 되기. 그것이 바로 우리의 특성이었다. 우리 피부의 비단결 같은 알갱이를 통해서 우리는 우리에게 주어지는 물질들을 온전히 느꼈고, 빛과 기후의 변화에 반응했다. 시니스트르는 몸 전체에 자기 기분을 전달하는 데 누구보다도 뛰어났다. 그는 즐거운 재능을 가지고 있었다. 그는 내가 짜증스럽게 느끼는 상황에서 간지럼을 탔다. 우리는 상호 보완적인, 그리고 거의 완벽한 쌍둥이를 이루고 있었다.

우리는 재워지고, 먹여지고, 사랑받았다. 또다시 먹기 위해서는, 피의 이동을 이용하면 그만이었다. 산소도 우리에게까지 도달했다. 우리의 피부는 애무가 주는 안온함을 즐겼다. 우리는 오냐오냐해서 버릇이 나빠진 육체의 아이들이었으며, 육체의 아름다운 구역이었다. 우리의 몸에 기름과, 포마드와 크림을 바르는 손들을 믿는다면 그러하다. 우리는 내장균들, 위산의 역류, 십이지장 경련, 항문 폐색, 설사와 구토의 폭정으로부터 멀리 떨어져 있었다. 그런데 구토로부터는 언제나 그렇지는 않았다. 때로 뜨거운 반죽이 우리 피부를 덮었고, 그러면 사람들은 우리를 얼른 꼼꼼하게 씻긴 다음, 다시 가루분을 발라주고, 향수를 뿌려주고 연고를 발라주었다.

우리는 쿠션의 몰랑몰랑함, 실크의 미묘함, 수건의 깔깔함, 기저귀 채우는 테이블의 끈적끈적함, 목재의 우둘투둘함, 타일 바닥의 차가움, 벨벳의 관능성, 모헤어의 위안을 맛보았다. 우리는 사람들이 우리를 마사지하고, 뒤집어놓고, 또다시 뒤집고, 잡아당기고, 접고, 앉히고, 웅크리게 하도록 내버려 두었다. 우리는 매 순간 우리를 멋대로 가지고 노는 은혜로운 손들이 우리를 데려가도록 내버려 두었고, 그들의 요구를 그 정도로 수용할 수 있는 우리 자신을 보는 것이 즐거웠다. 사람들은 우리를 성체 빵, 커프스단추, 사탕, 곡식, 양파, 렌즈, 못, 압정에 비유했다. 사람들은 우리를 나의 아름다움, 나의 꼬맹이들, 나의 귀요미들, 니의 개구쟁이들이라고 불렀다. 우리의 감수성은 집게손가락, 손바닥, 턱, 입술—아, 벌써 입술로!—, 면봉, 화장 솜, 세숫비누, 장갑, 손수건, 턱받

이, 베개, 코, 콧수염, 장난감, 눈썹, 귀걸이, 술장식, 두두[5], 코뿔소 봉제 인형으로 우리에게 장난을 치게 만들었다. 새벽부터 해가 질 때까지, 다정한 피난처의 따스함 안에서, 싱코페이션 리듬과 옛날 샹송들과 졸음이 오게 하는 왈츠 곡을 내보내는 라디오 전파는 우리를 사랑으로 스치고 지나갔다. 시니스트르는 음악에 대한 전적인 매혹을 보여 주었다. 반면에 나는 희뿌윰한 새벽에 들려오는 새들의 노랫소리에 더 감동을 받았다. 사방에서, 살아있는 생명체나 물질, 빛과 파동으로부터 아첨을 받은 우리는 평온하면서도 생생한 삶을 영위했다. 무거움으로부터 뽑혀 나와, 대기 안에서 산책하고, 공간 안에서 허공으로 떠올라, 공중으로 올려져, 인공위성에 태워진 우리는, 배내옷 침대로부터 요람으로, 요람에서 의자로, 의자에서 양탄자로, 양탄자에서 유모차로 세심하게 옮겨졌다. 우리는 방향과 고도의 변화를 즐겼으며, 육체라는 뱃머리에 서 있는 우리의 위치는 우리의 공기역학적인 이동에 대한 인식을 강화시켜줄 뿐이었다. 우리는 부동성(不動性)보다는 움직임을 더 좋아했다. 우리는 꼭지를 매트리스에 대고 으깨지 않고, 별들을 향해 세운 채 잠드는 것을 더 좋아했다. 우리는 자연히 천체들을 향해 몸을 돌렸다.

그리고 우리는 높이를 택했다. 비범하며 스위스 시계처럼 정확한 골격으로 떠받쳐진, 정교한 척추에 의해 운반되는, 머리 한가운데에 위치하고 있는, 그리고 척추를 두 개골을 기반으로 지각요

---

5 아이가 안도감을 얻기 위해 껴안는 물건.

로 위치하게 해주는 후두부 구멍 덕택에 계속 서 있을 수 있는 높이. 그리고 우리는 우리 꼭지 끝보다 더 멀리 보았고, 세계의 광대함을 응시했으며, 지평선을 껴안았다. 우리의 수직적인 삶은 그렇게 시작되었다.

2

표트르 일리치 차이콥스키의 작품번호 66을 들으면서 부모님은 야생 벚꽃나무로 만든 새 텔레비전 앞에서 졸고 있다. 프랑스 국영 라디오 텔레비전 방송국은 녹화된 〈잠자는 숲속의 미녀〉 공연을 방송하고 있다. 나는 다른 사람들이 신 앞에서 그렇게 하듯이 텔레비전 앞에 무릎을 꿇고 앉아 있다. 나는 사람들이 발레리나라고 부르는, 망사옷을 입고 눈에 보이지 않는 날개에 실려 가는 매력적인 피조물들을 발견한다. 그녀들의 다리는 재봉틀 바늘처럼 길고 날렵하다. 그녀들이 뛰어오르자, 암사슴들이 곧 나타난다. 그녀들이 한 팔을 들어 올리자, 새들의 이동이 시작된다. 그녀들은 세상에 아름다움을 퍼뜨리기 위해 보내진 존재들이다. 그녀들이 뛰어오르면, 나는 일어선다. 그녀들이 몸을 굽히면, 나는 몸을 숙인다. 그녀들은 나다. 우리는 공간의 잠자리들이다. 내가 그녀들을 바라보고 있는 동안, 나의 정복당한 뇌 주름 안에 2막 5장의 시 플랫 왈츠가 영원히 각인된다. 멜로디는 펼쳐지고, 고리를 이루며 돌아간다. 머릿속에 계속 맴돈다. 그 멜로디는 끝나지 않을 것이다.

오페라가 아니라 유치원에 다녀야 했기 때문에 나는 몰이해로 고통스럽다. 유치원에는 오페라를 아는 사람이 아무도 없는 것 같다. 선생님도 모르시는 것 같다. 월트 디즈니의 만화영화가 되기 전에, 〈잠자는 숲속의 미녀〉는 페로와 그림 형제의 동화였다. 그 후에 표트르 일리치 차이콥스키가 필수적인 고전 레퍼토리 발레곡으로 만들었다. 선생님은 나에게 단 세 마디 말을 했을 뿐이다. "다리 떨지 마!" 수업 시간에 내가 스타킹만 신고 내 마음대로 발레를 보여주려고 치마를 벗자, 선생님은 아무 관심도 보이지 않고, 나를 생각 의자로 보내서 내가 옷을 벗은 이유에 대해 생각해 보게 한다.

첫 번째 고전 발레 수업에 대해 내가 기억하고 있는 것은, 시몽 씨가 상급생 언니들에게 발로네[6], 글리싸드[7], 발로떼[8], 홀릭 홀락[9]을 연달아 가르치던 모습이다. 그는 100킬로그램의 거구지만, 내

---

6 ballonnes. 감정이 부풀어 올라 공처럼 탄력 있는 도약이 된다는 뜻으로, 무용수가 다리를 앞·뒤·옆으로 펴면서 뛰는 동작으로 반쯤 위치에 포인트 한 채 제1위치를 지나 다른 다리로 떨어지는 동작.

7 glissades. 미끄러지듯이 이동하는 동작.

8 ballottés. 앞뒤로 가볍게 다리를 차는 제자리 뛰기 동작.

9 flic flac. 서 있는 다리 주위를 움직이는 다리가 채찍을 치듯 바닥을 빠르게 친 다음 서

가 그때까지 보았던 남자들 중에서 가장 우아한 사람이다. 그는 그가 가르치고 있는 무용수들만큼 날렵하다. 그의 가느다란 다리는 상반신과 배에 몰려 있는 그의 노폐물의 무게를 모르는 것 같다. 그는 동화에 나오는 사람을 닮아 있다. 감시하고 있다가, 밤이 되면 어두컴컴한 부엌에서 혼자 발레리나 모양의 비스킷을 먹는 식인귀 같다. 둥근 안경 위로 약간 곱슬머리인 그의 머리카락이 흘러내려 와 있다. 눈구멍 안에 너무 깊이 들어가 있는 두 눈은 안경으로 가려져 있다. 눈이 너무 깊이 들어가 있어서, 사람들은 그가 잘 보지 못할 것이라고 생각한다. 그러나 시몽 씨는 모든 것을 본다. 구부러져 있는 등, 살찐 배, 처진 어깨, 헤매는 발 한 짝, 과도한 손놀림. 조그맣게 쪼그라든 나는 떨면서 그를 향해 다가간다. 나는 다섯 살이다. 그 나이의 어린이는 인상적이다. 그는 발레 바에 내 자리를 지정해 준다. 나는 그곳으로 달려가 꽉 붙잡는다. 내 앞에 쪽 찐 머리를 한 완벽한 신체 비율을 가진 늘씬한 소녀가 한 명 있는데, 그녀가 나에게 뒤로 물러나 자기에게 자리를 내놓으라고 명령한다. 나는 단 몇 분 만에, 공간의 잠자리들의 나라에서는 자기 영역을 지킬 줄 알아야 한다는 것을 배운다.

여성 반주자 한 명이 스툴 위에 앉는다. 그녀는 회색 투피스를 입고 무서운 뒝벌 모양의 은빛 브로치를 달고 있다. 그녀는 악보를 열고, 검지를 중형 그랜드피아노 위에 올려놓는다. 뵈젠도르퍼[10]인 것 같다. 그런 다음, 쌓여 있는 먼지를 손가락 사이에 넣고 으

있는 다리의 복숭아뼈 위치로 돌아오는 동작.

10 Bösendorfer. 오스트리아産 피아노. 스타인웨이, 베히슈타인과 더불어 3대 명품 피아노.

깨더니 얼굴을 찡그린다. 그녀의 오른손이 위로 올라갔다가 피아노 건반 위로 다시 떨어지면서 몇 개의 경고성 음을 끌어낸다. 지각생들이 달려들어 온다. 소녀들의 마지막 웃음소리가 날아오른다. 시몽 씨의 막대기—아니, 지팡이였던가?—가 마룻바닥을 두들긴다. 그것은 이제 수다 떨 시간이 끝났다는 의미이다. 발레 바에서, 소녀들이 등을 곧추세우고, 가슴을 열고 목을 길게 뺀다. 팔들이 위로 올라간다. 몸들이 길게 늘어났다가, 나의 첫 번째 드미-플리에[11]로 영원히 남게 될 몸짓 안으로 내려온다.

고전 발레의 냄새. 르페토 상점에 들어가 보지 못한 사람은 고전 발레의 특별한 향기를 모른다. 가죽과 마룻바닥을 이루는 목재, 라이크라 섬유, 사틴, 모슬린, 자부심, 두려움, 그리고 존경심으로 이루어진 향기.

상급생들과 그녀들의 의례들. 그녀들은 어머니의 도움을 받지 않고 쪽 찐 머리를 한다. 손가락들을 그녀들 대신 춤추는 작은 피규어들처럼 사용해서 아다지오 동작을 기억해 둔다. 그 손들을 정말로 춤추게 하기 전에 발동작을 기억해 둔다. 천정을 향해 눈을 들고 아주 깊이 생각에 잠긴다. 그녀들이 상급생임을 알게 해주는 것은 키가 아니다. 그녀들이 홀 입구에 있는 송진 통에 그녀들의 신발창을 집어넣는 방법을 보면 알 수 있다. 그녀들은 송진 냄새를 풍기는 가루 안에서 한쪽 신발을 묶고, 또 다른 쪽 신발을 묶는다. 그러면 바닥에 붙는 듯한 인상이 생긴다. 송진 통은 발레리나들의 성수반(聖水盤)이나.

---

11 demi-plié. 뒤꿈치를 들지 않고 무릎을 밖으로 구부리는 동작.

나는 천 개의 삶을 가지고 있다. 나는 미녀이며, 그녀의 네 명의 구혼자이며, 그녀의 여섯 명의 대모이며, 그녀의 세 명의 요정이다. 나는 칸디스이며, 플뢰르 드 파린이며, 비올렌테이며, 카라보스이다. 나는 발레의 몸 전체이다, 나는 안무가이며, 의상담당이며, 분장사이며, 무대디자이너이며, 극장 대관인이다. 나의 방은 극장이기 때문에, 나의 부모님은 그곳에 들어오기 위해서는 입장료를 지불해야 한다. 나는 방을 지나갈 때마다 도약의 흔적을 남긴다. 때로는 안무 전체의 흔적을 남기기도 한다. 망사와 사틴은 내가 좋아하는 옷감이 되었다. 나는 아직 발레를 지배하고 있는 군사적 위계들―카드릴[12], 코리페[13], 일급 무용수, 스타들―을 알지 못했지만, 고전 발레가 내가 살고 싶어 하는 나라라는 것은 벌써 알고 있다. 나는 사람은 존재하는 것이 아니라 되어가는 것이라는 것을 알지 못한다. 모든 일에는 치러야 하는 값이 있다. 자아의 완결은 수련을 유발시킨다. 길에는 여기저기 함정이 숨어 있다. 그런데 모든 길들 중에서도 발레리나에 이르는 길은 단연코 가장 힘든 길이다.

---

12 quadrilles. 나폴레옹1세 때 처음으로 프랑스 궁정에서 유행한 스퀘어 댄스.
13 coryphées. 주역 무용수, 군무의 수장을 가리킨다.

2 bis

우리는 배내옷, 우주복, 멜빵바지, 후드 재킷을 입었다. 우리에게는 헤아릴 수도 없이 많은 옷이 입혀졌다가 벗겨졌다가 했다. 귀찮은, 그러나 필요한 무장으로 둘둘 감고, 우리는 지시를 따르려고 최선을 다했다. 돌풍의 매서움, 소나기의 따가움, 수백 년 된 나뭇가지들 사이로 부는 바람들의 협주를 느꼈다. 우리는 옷감을 거쳐서 세계를 이해하고, 니트를 입고 방향을 잡는 방법을, 놀이옷을 거쳐서 느끼는 것을 배웠다. 우리는 퀴퀴한 양모 냄새나는 우울한 세타들 안에서 겨울을 접했다. 우리는 구협염(口峽炎)과 기관지염에 걸려, 덜덜 떨고, 땀을 방울방울 흘리거나 비질비질 흘리고, 으르렁댔다. 우리는 유아들이 앓는 질병을 앓았다. 우리는 연주창,

봉와직염(蜂窩織炎), 농양에 모두 걸렸다. 우리는 빨개지고, 분홍색이 되고, 갈색이 되고, 창백해지고, 꽃이 피고, 여드름이 났다.

　—풍진 말야, 시니스트르, 풍진, 얼마나 끔찍했는지… 기억나니?

　—기억나느냐구? 달콤한 가려움이었지. 손톱으로 긁으면 금방 사라졌어.

　—달콤하다구? 농담하냐? 아직도 조금 남아 있어. 손톱들이 우리의 사랑스러운 꼭지를 차지했었지.

　—얼마나 많은 여드름투성이의 석양을 통과했는지!

　—임파선 종양의 새벽들도!

　—하지만 우린 살아남았어.

　—매번 원래의 피부를 되찾았지.

　—덱스트르?

　—응, 시니스트르.

　—우린 영웅이야.

　—뻥치지 마.

　봄은 우리에게 그 부드러운 면 옷들을 제공했다. 우리는 새싹에서 나는 밀랍 냄새를, 꽃가루의 분말 같은 질감을 맛보았다. 우리는 숨어서 꿀벌들이 붕붕 대는 것을, 파리들이 끈질기게 돌아다니는 것을 지켜보았고, 따끔따끔 찌르는 가시나무를 두려워했다. 일요일이면, 빵과 시럽, 단 음식, 짠 음식, 향신료들, 냄새나는 치즈 사이에 커다란 피크닉 놋자리를 펼쳐 놓고 시간을 보냈다. 우리는 토끼풀들 사이에서, 잘려져서 냄새를 풍기기 전의 무성한 풀밭에서 뒹굴었다. 우리는 8월을 체험했다. 맨드라미들, 산딸기들, 천 개의 잎사귀를 가진 서양가새풀, 그 미지근한 바람, 짓누르는 듯한 폭염과 갑자기 쏟아지는 소나기. 가을이 되면, 우리는 아쉬워하며 다시 옷을 입었다.

우리는 유치원에서 기쁨과 환멸을 맛보았다. 펠트 천을 만져보고, 붓과 목탄, 구아슈와 수채화 물감도 경험했다. 물감이 묻어 얼룩덜룩해지고, 강력 접착제와 니스를 묻히고, 해충 방지제에 뒤덮이고, 머큐로크롬을 바르고, 딸기와 카시스 레모네이드로 범벅이 되었다. 우리는 꽃줄 장식으로, 콩페티로, 꽃들, 조약돌들, 코르크 마개들과 고무찰흙으로 장식되었다. 사람들은 우리의 환심을 얻으려고 아양을 떨고, 할퀴기도 하고, 구박하기도 하고, 칼로 긁기도 하고, 찰싹 때리기도 하고, 상처를 내기도 하고, 꼬집기도 하고, 툭툭 치기도 하고, 화이트소스, 설탕 졸임, 누들, 퓌레, 플랑, 머랭, 그리고 푸딩을 뒤집어씌웠다. 아프든 건강했든, 어쨌든 우리의 입문 의례는 완벽했다. 적어도, 우리는 그렇게 생각했다. 새로운 세계가 우리 앞에 나타날 때까지는. 그 세계 안에서 공간과 시간은 다른 언어로 말했다. 우리는 고전 발레에 입문했다.

우리는 우리의 모든 땀구멍들을 통해 우리 주위에 있는 모든 습한 개체들, 유산염과 요소가 방울져 흐르는 피부들, 탄소로 가득찬 공기, 사틴의 향기, 그리고 보다 분명한 가죽과 신발 향기를 호흡했다. 우리는 탈의실의 소란, 웃음소리, 속삭임, 기쁨과 고통에 주의를 기울였다. 우리는 추함을 세계의 끝으로 밀어내는 쇼팽의 서곡들, 야상곡들, 왈츠곡들을 발견했다. 우리는 트리올레를 그 찌꺼기까지 마셨고, 옥타브를 말처럼 걸터탔으며, 아르페지오를 뛰어넘었고, 단조에 전율했고, 반음올림조에 한숨지었고, 발레의 여섯 동작과 팔의 움직임을 열심히 배웠다. 우리는 우리의 살 안에서, 그리고 새로운 알파벳에 따라서 상, 하, 전, 후를 배웠다. 그것은 그랑 플리에[14]의 아래로 숙이기, 파 드 샤[15], 시손느[16]의 비대칭, 피루에트[17]의 현기증이 알려준 것이었다. 우리는 움직이지 않음의 아름다움을, 의식적으로 동의한 움직임의 힘을 발견했다. 우리는 가볍게 날아오르고, 뛰어오르고, 뱀처럼 몸을 뒤틀고, 우아하게 뛰어오르고, 멋지게 빙빙 돌고, 아름답게 다리를 흔들고, 엑스터시에 이를 때까지 떨며 빙빙 돌았다. 우리는 두 다리의 힘으로 날아오르는 것을 즐겼고, 두 어깨의 열광에 의해 환희에 이르는 것을 좋아했다. 시니스트르에게, 춤추는 것은 리큐르 술이며 도취였다. 나에게, 그것은 폭풍우의 예고이며 태풍 안으로 들어가는 것이었다. 우리는 학교에서, 거리에서, 침대에서 춤을 추었고, 잠 속에서도 춤을 추었다. 잠을 자면서도 우리는 낮 동안에 들었던 멜로디가 우리를 실어가도록 내버려 두었다. 그러니 이 즐거운 운동성이 잠깐 동안 지속될 뿐이라고 우리가 어떻게 의심할 수 있었겠는가?

---

14 grand-plié. 양쪽 이빨디기를 인지서이 되도록 벌려서 굽힌 다음, 최대한 아래로 내려가는 동작.

15 pas de chat. 고양이처럼 사뿐하게 높이 뛰는 동작.

16 sissone. 두 발에서 한 발로 뛰는 도약 스텝.

17 pirouette. 한쪽 다리로 몸의 중심을 잡고 팽이처럼 도는 회전하는 동작.

3

엄마는 내가 춤을 너무 춘다고 걱정하신다. 모든 것을 다 할 수 있는 것은 아니었지만, 나는 쥬테[18], 아쌍블레[19], 고양이 뛰기, 암사슴 뛰기, 말 뛰기, 가르구이야드, 천사 뛰기와 다른 스텝들, 회전, 도약, 글리싸드, 역시 우아한 이름들을 가진 머리와 팔의 자세들을 알고 있다. 저녁에 내 방에서 춤을 추다가 물건을 깨뜨리는 것은 다반사다. 나는 잠을 자면서도 드미 푸엥트[20]를 하고 있다. 그렇게 하면 편안하게 잠이 들었고, 다음 수업도 준비할 수 있다. 나의 두

---

18 jeté. 드미 플리에로 시작해서 한쪽 다리를 던지듯 그 방향으로 도약하고, 다시 그 발로 내리는 동작.

19 assemblé. 모아진 발이 도약한 뒤에 앞과 뒤를 바꾸어서 다시 모아지는 동작.

20 demi pointe. 발끝으로 서는 자세.

발은 잊어버리고 동굴 속에 두고 나온 두 덩이 묑스테르 치즈[21] 같다. 열 두 살이 되어야 발끝으로 춤출 수 있다. 상급생들은 예술의 규칙 안에서 어떻게 발레화를 길들이는지 설명해준다. 우선 어떤 신발을 왼발에 신을지 오른발에 신을지 결정해야 한다. 신기 전에는 발레화 두 짝의 끝이 완전히 똑같기 때문이다. 그다음에 나중에 알아보기 위해서 신발 깔창 위에 PD(오른발)와 PG(왼발)라고 표시한다. 그런 다음에 발바닥으로 신발 앞쪽의 딱딱한 상자 위쪽을 으깬다. 그리고 반복적으로 꺾어서 부드럽게 만든다. 발레리나의 이름으로, 토슈즈와 제5 포지션의 이름으로. 아멘.

춤은 내 안에서 자신의 길을 만든다. 그것은 내 근육 하나하나에 그 흔적을 남기고, 나를 잡아당기고, 자라게 하고, 나를 음악과 공간과 세계를 향해 열리게 하고, 그 문법과 그 비밀과 그 함정을 가르쳐 준다. 어느 토요일, 교습이 끝났을 때, 시몽 씨가 어머니와의 면담을 청한다.

—블랭 부인, 바르브린은 잘해나가고 있습니다. 소질이 있습니다.

나는 내 안에서 확신의 도취가 솟아오르는 것을 느낀다.

—제가 부인이라면, 망설임 없이 아이를 콩세르바투아르 오디션에 등록시킬 것입니다.

나는 숨이 막혀 죽을 것 같다. 나는 공간의 모든 잠자리들의 귀에 들릴 정도로 컥컥대는 소리를 낸다. 시몽 씨가 말하는 콩세르바투아르는 브뤼셀 오페라의 삭은 쉬블이 우리 학교라고 부르는

---

21 프랑스 알자스와 로렌 지방 특산 치즈. 우유를 소금물로 문질러 숙성시킨다. 강한 냄새와 무르고 매끈한 속살이 특징. 약간 역겨운 진한 향을 풍기므로 맛도 강할 것 같지만 맛은 진하지 않다.

곳이다. 엄마는 가만히 있다. 그녀는 내가 이해하기 힘든 눈빛을 하고 있다. 모든 타협이 불가능한 눈빛. 이윽고 그녀가 대답한다.

—그건 현실적이지 않은데요.

나는 기절할 것 같다. 시몽 씨에게는, 그 무엇도 그 누구도 현실적이지 않다. 현실적인 사람은 고전 발레를 하지 않는다. 현실적인 사람은 유도를 한다. 아니면 구급법을 배우거나.

엄마는 더욱 우울하고 불안해한다. 엄마는 내가 춤추는 방식을 전혀 존중하지 않는다. 매일 발레 교습이 끝날 때마다 내가 드디어 나오는 모습을 보고 안도의 한숨을 내쉬는 것이 전부다. 엄마는 마치 소질을 가지고 있다는 것이 끔찍한 결과에 이르게 되는 병이기라도 한 것처럼 군다. 그런데 왜 다른 엄마들은 남은 눈 하나로 딸이 춤추는 것을 보기 위해서라면 눈 하나라도 빼어줄 것처럼 하는 것일까? 우리 엄마는 나를 의자 위에 앉혀 놓기만 바라는데.

엄마와 내가 나란히 푸르슈 거리를 걸어가고 있는 모습이 떠오른다. 내가 어떻게 엄마를 설득했던 거지? 기억나지 않는다. 건물 입구는 에루살렘 성문들만큼 붐빈다. 어머니들은 그녀들의 살의 살인 딸 주위에서 바쁘게 움직인다. 그녀들은 딸들에게 프랑스어로, 플랑드르어로, 영어로, 독일어로, 일본어로 격려의 말을 쏟아낸다. 엄마는 이 날씬하고, 납작하고, 수다스러운, 그녀들의 얼굴빛과 잘 어울리는 배경 안에서 자식이 올린 성과를 앞에 두고 즐거워하는 엄마들과 잘 어울리지 않는다. 엄마는 뚱뚱하지는 않다. 그러나 그녀의 유방은 앞으로 툭 튀어나와 있고, 수영 선수 어깨 같은 두 어깨는 그녀를 우아해 보이지 못하게 만든다. 나는 사람들 안에 아는 얼굴이 있는지 살펴본다. 우리는 세 부분으로 이루어진 의상을 입고 있는 어떤 대머리 남자에게 소개된다. 세심한 조사관처럼 보이는 그 사람은 내 발목을 조사해 보더니, 서류를 하나 내어주고 방에서 기다리라고 말한다. 엄마는 초조해한다. 나는 엄마의 두 손이 부드럽고 다정하게 내 머리를 다시 매만져 주고 있는 것을 느낀다. 나 대신 떨고 있는 엄마의 가느다란 손가락들이, 내 머리에게 말을 걸고, 내 머리뼈안에서 추론하고, 그리고 엄마가 나에게 말로 전할 줄 모르는 것을 이야기하고 있다.

―자, 가서 한판 뛰고 오렴.

엄마가 토마토 모양의 나의 쪽 찐 머리에 마지막 핀을 찔러 넣은 다음 작은 소리로 말한다.

나는 다른 후보자들을 만나러 간다. 아주 아득한 옛날에, 너무나 옛날이어서 엄마를 빼고는 아무도 기억하지 못할 먼 옛날에, 엄마가 이 벽들 안에 있었다는 생각이 갑자기 나를 관통한다. 그생각만으로도 머리가 어지럽다. 방이 어두워진다. 내 머릿속의 어둠이 바깥의 빛을 삼켜버린다. 작은 금빛 별들의 성좌가 생겨나더니 반짝인다. 그것이 나를 바닥을 알 수 없는 검은 구멍 속으로 빨아들인다. 혈압이 툭툭 떨어진다. 더 이상 움직일 수 없게 되기전에 공기를 쐬어야 한다. 나는 엄마와 나를 떨어뜨려 놓고 있는 몇 걸음의 공간을 무턱대고 되돌아가 엄마에게 말한다.

―집에 가.

―아니, 왜 그러는데? 오디션은 시작도 되지 않았는데…

엄마가 내 이마 위에 손을 올려놓는다. 엄마의 손은 더 이상 떨고 있지 않았다. 내 머릿속에서 어두운 베일이 드디어 걷히자, 엄마의 눈에 나타났던 뚫고 들어갈 수 없는 단단함이 사라지고 진실한 근심이 나타난다. 내가 말한다.

　—괜찮아, 엄마. 내년에 다시 오면 되지 뭐.

　우리는 자유로운 공기 속으로 나온다. 엄마의 얼굴은 평소의 평온을 되찾았다. 엄마의 입술은 실망의 곡선으로 휘어져 있지 않다. 모든 것은 질서 안으로 돌아갔다. 엄마는 그녀의 악마들을 손수건들과 진정제 사이에 정리해 넣었다. 엄마는 버스에 정차 신호를 보낸다.

　어느 날 저녁, 아빠가 낡은 야생 벚나무 텔레비전에서 승마 경주를 보고 계실 때—아빠는 컬러 이미지를 내보내는 현대적인 텔레비전을 하나 사려고 하셨다.—엄마는 장롱에서 사진 앨범을 하나 꺼내시더니, 조심스럽게 들춰 보신다. 마치 우리가 손으로 잡을 수 있는 살아 있는 생명체가 그 앨범에서 튀어나올까 봐 걱정된다는 듯한 몸짓이다. 엄마는 찾던 페이지가 나오자, 그것을 내 앞으로 돌려놓는다. 사진 위에는, 왕관을 쓰고, 머리는 길게 따서 등 뒤에 늘어뜨리고, 풍성한 망사 꽃판이 달린 발레복을 입은 공간의 잠자리가 하나 있다. 흑백 사진이어서, 발레복 색깔이 무엇인지는 알 수 없다. 발레리나는 팔을 제 4 포지션[22]으로 뻗고 아라베스크를 하고 있다. 그렇게 우아한 자세를 재현하는 것은 나에게는 무척 힘든 일일 것 같다. 연보라색 잉크로 쓰인 우아하고 둥근

22　팔의 기본 자세중 하나로 안쪽의 팔과 다리를 일렬로 뻗는다.

글씨체가 사진 아래에 전설을 기록해 놓았다. 시몬 라뒤레, 1938, 에밀 부인의 발레 학교. 나는 공간의 잠자리들은 변하지 않는 특질을 가지고 있다는 신화를 몇 분이라도 더 고스란히 보존해 보려고 노력한다. 그러나 사진이 전하는 말은 분명하다. 엄마는 퉁퉁하고 무거운 가슴을 가지고 태어나지 않았던 것이다. 일은—그것을 커다란 젖가슴의 마법이라고 불러야 할까? 아니면 파문, 저주?—오랜 시간이 지난 후에야 닥쳐왔다. 경마 해설자가 승리한 말의 이름을 아버지 귀에 대고 큰소리로 외치는 동안, 엄마가 앨범을 접어서 정리하시는 동안, 하나의 진실이 무섭도록 끈질기게 나에게 나타났다. 모든 여성은 태어나면서 예기치 않았던 유방의 운명에 노출된다는 것.

3 bis

우리는 앞에서 이야기했듯이, 좋은 장소를 차지하고 있었다. 규칙적으로 쿵쿵 뛰는 심장과 들숨 날숨을 내쉬는 허파들, 그리고 명치에서 가까운 곳이 우리 자리였다. 우리는 유방의 수도승들, 튀어오르는 유두들, 깡충거리며 우아하게 우리에 대한 존경을 끌어내는 젖꼭지들이다. 우리 자리에서 가장 노출되어 있는 부분들은 푸른색을 가지고 있다. 때로, 우리는 우리의 균열 부분까지 활모양으로 휘기도 한다. 그리고 우리 근육 조직 안에서 가벼운 당겨짐을 느끼기도 한다. 그러나 척추가 견뎌내는 것에 비할 바는 아니다. 발목, 경골, 무릎, 서혜부, 장골. 발목이 가장 약하다. 그것은 주기적으로 삐고 탈구된다. 그러면 우리는 소염제의 박하향을 맡으면서 침대에 누워 있다. 우리는 발목이 낫기를 바라며 시간을 헤아린다.

　우리의 열한 번째 봄은 우리의 변신이 이루어지는 것을 보았다. 우리는 유방 꼭대기에서 유두륜 바깥쪽으로 1센티미터 정도 높아졌다. 우리는 두 개의 벌집 모양 무늬가 있는 비밀스러운 원뿔 두 개를 형성했다. 우리의 꼭지가 단단해졌다. 그것들은 살에서 도망가려고 했다. 우리는 우리 옆에 있는 마로니에 나무들, 비잔틴 개암나무들, 느릅나무들, 떡갈나무들과 아몬드나무들 위에서 피어나려고 바쁜 수백만 개의 새싹들을 모방해서 즙을 가득 머금었다. 옛날에는 애무, 연고 바르기, 기후의 변화에 남모르게 은근히 반응했을 뿐인데, 이제는 보다 분명하게 단단해지려는 모양이다.

　우리는 정서적이 되었고, 불어오는 미풍을 모두 예민하게 느꼈고, 샤워 물의 따뜻함, 비누의 미끈거림, 수건의 너그러움, 침대 시트의 부드러움, 헝겊의 촉감, 풀 잎사귀 하나의 상냥함, 정원의 시원함, 새 깃털의 화사함을 더욱 예민하게 추구했다. 우리는 단지 기쁨을 느끼는 것이 아니라, 힘껏 추구했다. 마라스키노주(酒)[23]가 우리 핏줄 안에 퍼지기 시작했다. 그것은 우리를 더욱 관능적인 위치에 있게 했고, 엑스타시적인 부유 상태에 잠기게 만들었다. 우리는 때로는 행복했고, 때로는 나른했고, 언제나 우리의 살 안에, 그리고 피부 표면에 남겨진 인상에 사로잡혀 있었다. 이 새로운 영향력을 우리만 느꼈던 것이 아니다. 몸 전체에 같은 수액과 같은 피가 퍼져 그 영향을 받았다. 어떤 날에는 마력이 너무 강해서, 우리

23　보스니아 달마티아 지방에서 나는 검은 야생 버찌 마라스카를 원료로 하여 만든 술. 알코올 농도 25~30%.

는 일부러 침대 위에 가만히 누워 있곤 했다. 우리는 이불의 바다 위로 솟아 나온 조그만 섬들 같았다.

4

나는 해변을 다시 본다. 바람이 소나무숲 향기를 나에게까지 실어온다. 나는 아버지와 함께 배드민턴을 치고 있다. 우리는 둘 다 터키 블루색 꽃무늬 타월 반바지를 입고 있다. 소년 하나가 우리를 바라본다. 같이 배드민턴을 치고 싶은 눈치다. 우리에게는 라켓이 두 개뿐이고, 나는 어쨌든 사내아이들하고는 놀지 않는다. 나에게는 발레를 하는 사내아이들만이 관심을 기울일만한 대상으로 여겨졌는데, 불행히도 그런 소년들은 드물다. 다른 사내아이들은 나에게 혐오와 분노가 뒤섞인 감정을 유발시킨다.

낯선 소년은 두 발을 모래에 박아 넣은 채 몇 미터 떨어진 곳에 서 있다. 배드민턴의 장점은 받아치는 힘 안에 분노를 숨길 수 있다는 점이다. 나는 셔틀콕이 라켓 줄에 닿을 때마다 우리를 지켜보고 있는 난입자의 **뺨**을 갈기는 듯한 기분 좋은 느낌을 받는다. 실제로 때리지 않으면서도 벌을 주고 있는 것이다. 나는 그를 우아하게 내쫓는 것이다. 얘는 도대체 뭘 원하는 거지? 사람을 빤히 쳐다보는 것이 천박한 짓이라는 걸 아무도 얘기해 주지 않았나? 바람 때문에 셔틀콕이 계속 빗나간다. 이번에는, 사내아이 발치에 떨어진다. 그가 그것을 주워들더니 나에게 달려온다. 그는 눈을 어디다 두어야 할지 몰라서 휘둥그레 뜨고 있다. 그러더니 결국 내 상반신 위에서 그의 눈길이 머뭇거린다. 그의 속눈썹이 깜빡일 때마다 내 순결함이 조종을 울린다. 셔틀콕을 받아드는 대신, 내 손은 라켓을 떨어뜨리고, 즉흥적으로 비키니수영복처럼 몸을 가린다. 공간과 시간이 우리가 그 상황을 끝내기를 기다리고 있지만, 우리는 두 발을 모래에 박아 넣은 채, 정신이 끈끈이풀에 달라붙은 것처럼 꼼짝도 하지 못한다. 아버지가 뭐라고 외치는 소리가 들리지만 말들은 아버지와 나를 갈라놓고 있는 공간 안에서 흩어진다. 소년은 계속 나를 바라본다. 바람조차 나를 바라보고 있지만, 나는 어찌해야 좋을지 알지 못한다. 수치심으로 죽을 것 같다. 나는 달려가서 내 수건 위에 배를 깔고 엎드린다.

　—아빠!

　내가 울부짖는다. 그러나 아빠는 벌써 내 라켓을 집어 들고 그 것으로 난입자의 **뺨**을 후려친 뒤였다.

　밤에 침낭 아래에서, 나는 내 새로운 몸을 살펴본다. 그리고 나의 발견 앞에서 고통을 겪는다. 예언이 실현되기 시작했다. 가슴의 고난이 시작된 것이다. 나의 유두륜이 갈색이 되었다. 그것들은 두 개의 똑같은 원뿔로, 매끈한 피부의 바다 위에 두 개의 작은 화산처럼 떠 있다. 그 화산에 갈색의 작은 오돌토돌한 돌기들이 박혀 있다. 꼭대기는 단단하다. 거울이 없으므로, 나는 고개를 꺾고, 턱을 짓누른 채, 가슴 피부를 내 쪽으로 잡아당겨 살펴보는 수밖에 없다. 편하지 않은 자세이므로, 숨이 막힌다. 그런 데다가 가슴 전체를 살펴볼 수 없어서, 재난에 갇혀버린 것처럼 느껴진다. 그것들을 제대로 살펴보기 위해서는 캠핑장 샤워실에 가서 머리카락과 치약으로 범벅이 되어 있는 거울에 내 몸을 비추어 보아야 한다. 아버지가 면도하실 때 쓰는 휴대용 거울이 가까운 곳에 있기는 하지만, 아버지 물건을 뒤지다가 아버지를 깨우게 되는 것은 오밤중에 혼자서 캠핑장 샤워실에 가는 모험을 감행하는 것만큼이나 겁이 나는 일이다. 나의 무력함이 나를 미치게 만든다. 나는 모든 것을 살펴볼 수 있다. 내 침낭 주변에 어질러져 있는 것들, 내 텐트 위에 소나무들이 드리우는 불안한 그림자들. 그 그림자들은 내 몸 위에도 드리워져 있다. 내가 그 안에서 살아가고 있는 몸, 그러나 동시에 나의 모든 것이며 위협이기도 한 몸, 내가 고개를 부러뜨리지 않고는 파악할 수 없는 몸.

4 bis

바다는 우리에게 그 무한한 팔을 뻗는다. 우리는 파도 속에 뛰어들었다. 공기와 물의 온도 차가 우리의 도약을 잠시 멈칫거리게 할 뿐이다. 소금이 우리를 물어뜯고, 중유가 우리에게 묻고, 우리는 해초를 뒤집어쓴다. 우리는 고요한 세계 한가운데에 잠긴다. 그 안에서 우리는 더 이상 무게가 없다. 우리는 매끈한 비늘을 가진 물고기들을 스치듯 지나간다. 물고기들은 아네모네 냄새를 풍기며 우리가 가는 길을 막아선다.

우리는 대서양에 취했다. 바람도 우리 있는 곳까지 수많은 정보를 실어다 주었다. 죽은 게의 고약한 냄새, 침엽수 줄기에서 흘러내리는 끈적끈적한 송진, 우리를 흥분하게 만드는 수영 강사의 한

없이 매력적인 냄새. 우리가 조심스럽게 피하는 캠핑장 주인의 고약한 냄새도 빼놓을 수 없다.

그리고 우리는 올림픽 경기에 뛰어들었다. 모래 터널에 들어가 기어가기도 하고, 마대 자루 안에서 깡충깡충 뛰기도 하고, 굴렁쇠를 굴리기도 했다. 우리의 모든 노력은 수영 강사의 눈길을 끌기 위한 것이었다. 우리는 치열한 경쟁 상황에 처해 있었다. 우리는 당황스러운 둥근 선을 가진 더욱 전투적인 가슴들에 둘러싸여 있었다. 더 소란스럽고 키가 더 큰 소녀들이 운반하고 있는 이 활짝 피어난 공들 사이에서 우리는 경쟁 상대가 아니다. 우리는 두 개의 퀴베르동 사탕[24]을 닮아 있었다. 그러나 우리의 조용함은 이익이 되기도 했다. 우리가 수영 강사에게 다가가도, 그것을 나쁘게 보는 사람은 아무도 없었다. 우리는 그의 상반신에 기대 웅크리고, 그의 부드러운 머리카락과 태양에 그을려 구릿빛이 된 비단 같은 그의 단단한 근육을 느꼈다. 그 피부의 섬세한 발한(發汗) 작용에 매혹된 우리는 그의 곁에서 우리의 나머지 생을 보내겠다는 계획을 세웠다.

그러나 수영 강사는 다른 계획들을 가지고 있었던 것 같다. 우리는 매일 아침 9시에 정확하게 미니클럽에 달려가, 클럽이 문을 닫을 때까지 거기 들러붙어 있었다. 우리는 모래, 개똥, 발을 찔러대는 소나무 잎사귀, 깨어진 유리와 부서진 조개껍질, 박테리아, 비브리오균, 나선균, 렙토스피라균뿐 아니라, 그가 우리에게 강요

---

24 보라색이 도는 원뿔형 모양의 사탕. 약 2.5cm 크기. 바깥은 단단하고 안에는 아주 달콤한 젤라틴 같은 액체가 들어있다.

하는 멍청한 운동 경기에 포함된 위험도 아랑곳하지 않았다. 우리는 그 경기에서 네 개의 올림픽 메달을 따서 가슴 위에 걸었다. 그러나 그는 우리의 애정에 반응을 보이지 않았다. 그리고 여름방학은 끝나 버렸고, 우리는 그에 대한 이야기를 다시는 듣지 못했다.

5

내 젖가슴의 출현을 보다 구체적인 현실 안에서 받아들이기 위해서, 나는 해부학 도해집(圖解集)을 간략하게 살펴보고 싶었다. 나는 나의 열두 번째 생일 선물로 무게가 몇 킬로나 나가는 책 한 권을 부모님께 부탁했다. 인간의 몸을 조각조각 잘라서 냉정하게 보여주는, 전부 그림으로 이루어진 책이다. 그 시기에 내가 공부에 별 홍미를 보이지 않았던 만큼 부모님은 나의 이러한 부탁을 더욱 놀라워하신다.

나는 역사 안에 나타났던 모든 인간들의 신체 기관들, 뼈들, 근육들, 힘줄들, 인대 등을 공부한다.

—바르브린아, 아니 솔직하게 말해서, 더 삼빡한 선물을 택할

수도 있지 않았을까?

우리가 컬러 텔레비전을 가지게 된 이후로, 아버지는 툭하면 '삼빡한'이라는 단어를 사용하신다. 그리고 모든 문장에 '아니 솔직하게 말해서'를 덧붙이신다. 마치 새 텔레비전이 모든 일에 대한 의견 개진이 더욱 허락된 열일하는 남자 하나를 그의 안에서 일깨워 주기라도 한 것처럼 말이다. 어머니가 끼어드신다.

—그냥 내버려 두세요. 의학에 대한 소명을 자기 안에서 발견한 건지도 모르지요.

여기에도 변화가 있다. 내가 중학교에 등록하는 날부터 부모님은 내 존재는 쑥 빼놓고 당신들끼리 나에 대해 말하기 시작하셨다. 어머니는 내가 잘 지내고 있다고 생각하신다. 아버지는 내가 잘 지내고 있지 못하다고 생각하신다. 어머니는 나중에는 어머니가 큰 젖가슴의 고난을 나에게 물려주신 건 아닌지 의심하시게 되었다. 반면에 아버지는 일어나고 있는 변화에 주목하신 것 같다.

나는 내 도해집에서 유방에 관해 살펴본다. 피부 아래에는, 몇 센티미터 두께의 피하지방이 있다. 피하지방 아래에는, 유방 안에 뿌리가 있는 유선들의 다발이 여러 개의 엽(葉)들로 이어진다. 전체는 나뭇가지처럼 펼쳐져 있다. 어떤 나무냐고 묻는다면, 대답하기 어려울 것 같다. 왜냐하면 고환들이 달린 나무는 없기 때문이다. 대흉근들이 여러 쪽에 붙어 있다. 그리고 마지막으로, 근육들과 림프절 사이의 일관성을 확보하기 위한 쿠퍼 인대가 있다. 이게 거의 전부다.

나는 도해집을 학교에 가지고 간다. 여학생들만 다니는 학교다.

우리는 휘장이 붙어 있는 하늘색 가운을 입는다. 우리의 더스트코트의 유일한 주머니 위에는 가족 이름이 손으로 수놓여 있다. 성 뒤에 우리 이름의 이니셜을 수놓는다. 내가 교실에서 그 책을 펼치자, 침묵의 물방울이 형성된다. 우리 학급에는 가슴이 나온 아이들이 몇 명 되지 않는다. 그러나 그 사실에 꼭 마음 써야 할 이유는 없다. 겁에 질린 킥킥대는 웃음소리가 몇 차례 들려오고 난 뒤, 아이들은 이구동성으로 가슴 안에 들어있는 것이 구역질 난다고 말한다. "하지만, 중요한 건 바깥 아니니?" "나는 아주 큰 가슴을 가지고 싶어!" 우리는 몇 가지 디테일로 보아서, 살을 달고 다닌다는 사실에 대해 더 많은 생각을 가진 아이들이 있을 것이라고 짐작한다. 그런 아이들은 목과 가슴이 더 잘 드러나도록 더스트코트 윗단추들을 풀고 다닌다. 가슴이라는 물질을 단순히 이론적으로만 받아들이는 아이들도 있다. 그 아이들은 어원에 대한 정보를 얻기 위해서 주저 없이 라루스 사전을 찾아본다. '젖가슴 : 라틴어로 sinus, 곡선, 굴곡, 주름.'

중학교에 입학한 지 며칠 되지 않아서 토슈즈 레슨을 처음 받는다. 여기에서도 몇 가지 정확한 기술이 요구된다. 처음에 나는 토슈즈를 15분 이상 신고 있을 수 없었다. 장롱이나 라디에이터 아래에서 발바닥을 눌러주고 싶은 유혹에 저항하는 아이들은 드물다. 발뒤꿈치를 대퇴골에 대고 짓눌러서, 때로는 발목에 심한 부상을 당하기도 한다. 발가락의 고통을 줄이기 위한 방법도 볼로냐 스파게티만큼 여러 가지가 있다. 솜, 반창고, 햄 조각, 다진 스테이크 등. 토슈즈를 신고 춤을 출 때는, 더 이상 사랑을 찾는 여자가 아니다. 그녀는 견고한 근육과 근육의 성실한 자기수용 능력, 그리고 완벽에 가까운 골반선을 가진 한 명의 무용수이다. 우리를 다른 세상 사람들과 구별해주는 것이 거기에 있다. 신발 상자 안에, 땅과 발가락을 떼어놓는 이 몇 센티미터 안에.

아버지는 자신에게 질문을 던지고 계신다. 아버지는 저녁 식사 후에는 마치 신문 이름에 포함되어 있는 어떤 명령에 복종하듯이 《르 수아르(저녁)》지를 펼쳐 드신다. 《르 수아르》 문화면에는 모리스 베자르[25]에 대한 기사가 두 페이지에 걸쳐 실려 있다. 베자르는 프랑스인 안무가로서 벨기에가 브뤼셀에 벨기에 국립발레단을 창설하는 위험한 임무를 맡겼던 인물이다. 우리의 작은 왕국에서, 1959년까지 발레는 온전히 독립적인 예술로 여겨지지 않았다. 그것은 단순한 멋 부리기, 오페라를 돋보이게 하는 부속 예술로 여겨졌다. 그런데 베자르의 도착과 20세기 발레 창작이 폭풍 같은 결과를 가져왔다. 사람들은 베자르가 모든 종류의 기상천외함을 끌어들이고, 엄청나게 자유로운 음악과 무대장치를 사용하는 것을 보며 즐거워했다. 《르 수아르》지 기사에는 '우리의 국가적인 베자르가 다시 충격을 주다'라는 제목이 붙어 있다. 〈봄의 대관식〉으로부터 〈볼레로〉에 이르기까지, 〈에이몽의 네 아들〉로부터 〈현재의 시간을 위한 미사〉에 이르기까지, 베자르는 10년 만에 벨기에 초콜릿만큼이나 중요한 인물이 되었다. 그 덕택에, 브뤼셀의 젊은 여성들 위로 희망의 바람이 불어왔다. 춤추는 것은 이제

---

25 1927~2007. 프랑스 출신의 무용수 겸 안무가. 1960년 파리 세계연극제에서 최우수 안무가상 수상. 그 후 벨기에 브뤼셀 왕립 극장 발레 감독이 되었고, 20세기발레단 예술 감독으로도 재능을 발휘했다.

진정한 직업의 양상을 가지게 되었다. 소년들마저 소방수, 축구 선수, 경찰이나 우주비행사가 되는 대신 오디션에 붙기를 꿈꾸게 되었다. 그런데, 《르 수아르》지의 두 페이지짜리 기사 앞에서, 모리스의 푸른 눈 앞에서, 신과 시시함 외에는 아무것도 두려워하지 않으시는 우리 아버지는 자신에게 질문을 던지기 시작하셨던 것이다. 내가 정말 꿈을 가진 여성인지, 아니면 시류에 영합하는 여자아이에 불과한 건지.

5 bis

다른 아이들이 손가락을 물어뜯는 것처럼, 우리 여주인은, 우리가 옷을 입고 있건 벗고 있건, 우리를 자기 손 뒤에 숨기는 습관을 가지고 있었다. 그녀의 어머니가 그녀에게 말할 때, 누군가 그녀에게 나이를 물을 때, 자동차가 클랙슨을 울릴 때, 버스 안에서, 학교에서, 시몽 씨 클래스 탈의실에서. 어느 날 우리는 식품점에서 어떤 소년의 가슴과 부딪쳤다. 그는 유연하고 여유롭게 걸었는데, 딱 우리 취향이었다. 그녀는 그를 보자, 16개의 탈지 요구르트들을 계산대 위에 내려놓는 대신, 우리 앞으로 꽉 껴안았다. 그녀는 유제품의 성채를 일으켜 세운 채 가게 안으로 다시 들어갔다. 정신이 없는 것 같았다. 그 젊은이가 그녀의 마음에 들었는지 그렇지 않은

지 우리는 결코 알지 못했다.

우리는 매일 우리가 좋은 삶을 위해 만들어졌으며, 후회나 숨김 없이 사랑하기 위해 고안되었다는 확신을 더욱더 가지게 되었다. 그런데, 우리에게 좋아 보이는 장소나, 우리 마음에 드는 사람에게 다가갈 여유가 좀처럼 주어지지 않는 것이다. 우리는 움직임을 따라가고, 전체로서 운반되고, 하나의 틀과 작동 방식을 강요받았다. 춤추는 것은 점차로 격식에 따른 것이 되어갔다. 우리는 착한 병사들처럼 길들여져 있었다. 우리는 우리의 자유의지에 의해 행동할 수 없는 우리의 무력함을 점차로 인식하게 되었다. 우리는 우리의 진정한 취향과 우리의 깊은 경향에 대해 잘 알지 못했다. 우리는 우리를 단순한 형태론적 구조로 축소시켜 놓은 도해집보다는 회화책을 더 좋아하는 것 같았다. 우리의 아름다움은 고전 회화에 가장 잘 복원되어 있다. 우리는 우리 조상들 앞에서 황홀해졌다. 플랑드르 유파의 유백색 젖가슴들, 이탈리아 유파의 투명한 피부를 가진 파르스름한 가슴들, 수유하는 마돈나, 알레고리들, 여신들, 나른한 귀부인들. 그녀들의 리얼리티는 우리의 리얼리티보다 더 현실적으로 보였다. 우리는 르누아르와 함께 목욕의 환희에, 앵그르와 함께 작은 침대의 안락함에, 마네가 빛 속에 가져다 놓은 풀밭에서의 점심식사에 빠졌다. 무슨 일이 있어도, 우리는 예술사 수업은 빠지지 않았을 것이다. 우리는 어떤 음악을 좋아했었지?

—클로드 프랑수아!

—그래, 시니스트르, 너는 클로드 프랑수아를 좋아했지. 그런데 나는 그 시대의 누구를 좋아했었지?

우리는 미셸 수녀님의 고양이, 자크 수사의 새벽기도, 착한 왕 다고베르의 기이한 이야기에 대한 노래를 들으며 잠이 들었고, 차이콥스키, 쇼팽, 소콜로프, 모차르트, 륄리와 글룩의 아름다운 선율에 잠겨 성장했다. 벨라 바르톡, 세바스티안 바흐, 세르게이 프로코피에프의 천재성으로부터 활기를 얻었다. 라디오 전파와 텔레비전 전파에 흘러넘치는 미국식 기준을 멋 부려서 응용한 셸라, 실비 바르탕, 리처드 앤토니를 들으면서 몸을 흔들었다.

—그만해, 덱스트르. 네가 말한 그 기준들은 전혀 겉멋이 아냐. 그것들이 오늘의 우리를 만든 거야.

—그래, 맞아.

우리는 클로드 프랑수아, C. 제롬, 포피 밴드, 쥘리엥 클레르, 쇼킹 블루 밴드, 에르=베 빌라르, 제라르 팔라프라, 파트릭 토팔로프, 샤를로 밴드, 캔드 히트, 페튤라 클라크와 월리스 컬렉션을 좋아했다. 시니스트르는 나나 무스쿠리의 목소리가 날카롭게 높이 올라간다는 것을 짚었다.

우리는 크기가 커지고, 무거워졌다. 그 무엇도 중단시킬 수 없는 듯한 구성에 의해 변화했다. 우리의 작은 피라미드는 계속 팽창하는 두 개의 관광단지처럼 점점 펼쳐졌다. 우리는 매일처럼 유관이 점점 더 깊이 파 내려가고, 둥근 공의 탄력이 확실해지고, 인대의 유연성이 확보되는 것을 보았다. 우리의 작업장은 24시간 동안 내내 돌아갔다. 작업이 가장 많이 진전되는 것은 밤 시간이었다. 춤의 요구가 가장 적은 시간에 우리는 중요한 일, 즉 우리를 펼치는 일에 집중할 수 있었다.

6

내 가슴은 자라나고 있다. 그것은 나에게 깨어진 유리 같은 고통을 준다. 내가 혼란스러워하는 것을 보고 루드밀라가 그녀의 기적 같은 비법을 나에게 알려준다. 그녀는 오페라 가르니에에 입단하려고 파리행을 준비하고 있다. 나는 그녀가 하는 말을 놓칠세라 한 마디 한 마디 모두 집어삼킨다. 그만큼 그녀는 내가 미래에 되고자 하는 존재를 표상하고 있다.

그녀는 높은 지식에서 나온 말을 들려준다.

—가슴들은 꽃과 같아. 그것들에게 마실 걸 주지 않으면 시들어 버려. 그것들이 목이 말라서 죽어 버리게 만들라구.

루드밀라의 가슴 가리개 아래에는 어떤 곡선의 흔적도 보이지 않았다. 나중에 나는 더욱 은밀한, 움푹 파인, 오목거울 같은 가슴을 만나게 되겠지만, 지금으로서는 루드밀라의 가슴이 내가 도달해야 할 이상으로 보인다. 상반신 위에 올라앉은 두 마리 파리들. 도해집이 틀렸다는 것을 보여주는 두 개의 은밀한 가슴. 열여섯 살인데도, 루드밀라는 아직 생리도 하지 않는다. 그녀는 초록 사과와 이뇨작용을 하는 차로 영양을 섭취한다. 그녀가 나에게 설명한다.

—가슴이 계속 납작한 채로 남아 있게 하기 위해서야.

루드밀라는 이런 말도 한다.

—그것들에게 햇빛을 쐬어주지 마. 햇빛을 쐬면 자라고 싶어 하거든.

나의 학교 성적은 형편없었다. 나는 모든 과목에서 3등급 또는 4등급을 받았다. 그러나 상관없다. 나의 삶은 다른 곳에 있으므로. 우리는 여러 명이다. 우리는 하나의 종파이다. 우리는 공간의 잠자리들이다. 우리는 어느 날 발레단에 들어가기를 갈망한다. 우리는 다른 것은 꿈꾸지 않는다. 우리는 피에 이르기까지, 살 속으로 파고든 손톱에 이르기까지 배운다. 우리는 희생에 대한 취향을 가지고 있다. 우리는 불가능한 사랑들, 배신과 마법으로 가득 찬 레퍼토리를 배운다. 우리는 낭만적 절망을 향해 단체로 슈팅된다. 『로미오와 줄리엣』은 우리의 포르노그래피이다. 〈백조의 호수〉는 우리의 참고서 스너프 무비다.

콩세르바투아르에 들어가기 위한 새로운 시도 뒤에—이번에는 혼자 오디션을 보러 가서 끝까지 있었다. 나는 아망드 오노라블[26]을 받았고, 나의 노력에 대한 몇 가지 칭찬을 들었다. 나는 내 야심을 다시 점검해 볼 수밖에 없었고, 고전 발레 아카데미에 들어갔다. 조금 덜 특권적인 곳이지만.

죽음이 고양이 뛰기로 다가오는 것을 보기라도 한 것처럼, 시몽 씨는 팔레 데 보자르에서 열리는 연말 공연을 위해 두 가지 레퍼토리를 준비하기로 결정했다. 내가 그의 날개 아래서 춤을 춘 지 어언 8년이 다 되어 간다. 〈호두까기 인형〉, 〈백조의 호수〉, 〈코펠리아〉, 〈지젤〉. 작년에 나는 죽은 젊은 약혼녀 윌리스 역할을 했다. 그녀는 지젤을 예고하는, 반은 유령이며 반은 흡혈귀인 많은 존재들 중 하나이다. 그녀는 지나친 사랑으로 인해 죽을 때까지 춤을 춘다. 올해 시몽 씨는 자신의 악화되는 건강의 극적 효과를 높이기 위해 관객들에게 그의 생애를 수놓았던 발레들을 결합시킨 난해한 꽃다발을 하나 선물하고 싶어 한다. 물론, 그는 차이콥스키에게 영광을 바치고 싶어 하지만, 멘델스존과 그의 〈여름밤의 꿈〉에도 명예를 돌리고 싶어 한다. 그는 그의 취향에는 지나치게 현대적인 스트라빈스키는 피할 것이다. 그러나 라벨의 〈다프니와 클로에〉의 몇 소절은 택할 것이다. 그는 역할들을 분배한다. 나에게는 독무 역할 하나와 콩세르바투아르의 소년 발레리노 칼-에릭과 추는 파 드 되[27]가 주어진다. 시몽 씨를 실망시킬 수는 없다. 나는 다른 모든 사람들처럼 그의 건강이 걱정된다. 그에게

---

26 amende honorable. 잘못을 공개적으로 인정하고 사과하는 벌.

27 pas de deux. 二人舞.

무슨 일이 생긴다면, 나는 그가 나에 대한 빛나는 추억을 가지고 떠나게 하고 싶다. 그가 이 꼬맹이를 믿기를 잘했어, 라고 생각할 수 있도록. 그녀는 멀리 갈 것이다. 그녀는 높이 올라갈 것이다. 그녀는 어느 날 날아오를 것이다.

나는 루드밀라의 충고를 세심하게 따르면서 음식 섭취에 주의를 기울이고 있다. 다이어트를 시작한 지 며칠 안 되었을 때부터, 몸이 더 가벼워진 것 같은 느낌이 든다. 칼-에릭이 나를 들어 올릴 때, 나는 그가 한숨을 쉴까 봐 걱정하지 않는다. 다른 무용수들에게 돌아서서 말없이 얼굴을 찡그리거나 그런 암시를 할까 봐 걱정하지도 않는다. 내 몸은 곧 그것이 무게를 가지고 있다는 감각을 잃어버린다. 우리의 움직임은 부드럽고, 두 사람의 스텝은 물 흐르듯 잘 이어진다. 칼-에릭이 안정적인 뒷받침을 해주고 있으므로, 나는 정서의 본질을 표현하는 춤사위를 보일 수 있다. 우리가 마주 보았을 때, 나는 칼-에릭이 나에게 사랑을 표현하고 있다는 느낌을 받는다. 그러나, 발레가 끝나자, 그의 눈빛은 새벽 가로등처럼 꺼져 버렸고, 그는 서둘러 친구들에게 가버린다. 우리는 단 한번도 대화를 나누지 않는다. 그러나 나는 소녀들과 그에 대한 이야기를 한다. 나는 칼-에릭과 내가 연습이 끝난 뒤, 비시 쌩토르를 마시러 갔다고 이야기한다. 언젠가 오페라 가르니에에서 함께 춤추자고 맹세했다는 말도 한다. 나는 거짓말의 막연한 기쁨을 발견한다. 지금까지 나는 거짓말이 나에게 노움이 될 수도 있다는 생각은 단 한번도 해본 적이 없다.

몇 차례 현기증이 느껴지고, 공연을 하고 있는 동안 내가 정말로 무대에 있지 않다는 이상한 느낌이 들기는 하지만, 우리는 좋은 2인조를 이루고 있다. 생전 처음으로 엄마가 나를 칭찬해 준다. 약간은 아버지가 시켜서, 그리고 부모님을 둘러싸고 있는 열광적인 관객들 때문에 마지못해 한 말이라는 걸 얘기하는 수밖에 없지만. 시몽 씨는 덜 만족스러워한다. 그는 나중에 무대 뒤에서 머리가 너무 뻣뻣하고, 어깨는 너무 굳어 있다고 나를 야단쳤다.

방학 직전의 어느 날 아침, 나는 지독한 두통을 느끼며 잠에서 깨어난다. 병원에 입원해야 했다. 영양실조로 인한 부종, 근육 수축증, 순환기와 심장, 소화기, 신장 장애라는 진단이 내려진다. 온갖 종류의 주사를 맞았고, 온갖 비난과 질책이 쏟아진다. 부모님은 내가 계속해서 제대로 된 식사를 하지 않는다면 발레를 하지 못하게 하겠다고 위협하신다.

6 bis

그것은 빵, 설탕, 잼, 지방, 비계, 달걀, 고기로 시작되었다. 여주인은 구역질 또는 소화 불량의 핑계를 댔다. 그녀는 디저트가 나오기 전에 사과를 하는 둥 마는 둥 하며 식탁을 떠났다. 그리고는 자기 방으로 돌아와 우리를 억지로 춤추게 했다. 반복. 언제나. 아직도. 절대로 충분하지 않다. 그녀의 어머니가 그녀에게 억지로 무엇이라도 먹게 하려고 하면, 그녀는 밖에서 밥 먹었다는 핑계를 댔다.

—학교 식당에서 먹은 소시지가 아직도 뱃속에서 꾸르륵대요. 내일 먹을게요.

그렇게 해서 우리는 우리를 희생시켜 가며 거짓말이 별로 영양가가 없다는 것을 배웠다. 계속되는 질책에도 불구하고, 그녀는 유제

품과 말린 과일을 거부하며 고집스럽게 입을 닫고 있었다. 때로 심장이 너무 빨리 뛰거나, 머리가 어지럽다고 느껴지면, 그녀는 머뭇거리는 손을 접시나 바구니나 샐러드 접시에 뻗었다. 그녀는 입으로 야채 잎사귀 하나, 빵 한 조각을 가져갔다. 그러면 우리는 희망과 고마움으로 가득 찼다. 그런 다음, 그녀는 접시 안에 음식을 남겨 놓고 식탁을 떠난다. 다른 순간에는, 주변의 사람들을 속이기 위해서, 음식을 조금씩 먹고, 오물오물 씹고, 빨아들이고는, 그 약간의 음식을 다람쥐처럼 볼 안에 물고 있다가 침이 잔뜩 섞여 있는 그 혼합물을 수건이나, 호주머니, 쓰레기통 안에 뱉어 버리기도 했다.

우리는 끊임없이 음식을 원했지만, 최소한의 보상도 주어지지 않았다. 피는 이제 우리에게 물과 산소만을 공급해 줄 뿐이다. 우리 세포들은 처음에는 가벼운 도취의 느낌을 받았다. 그런데 이상하게도, 우리는 이 결핍 안에서 새로운 에너지를 발견해 냈다. 우리는 전에 이렇게 춤을 잘 추었던 적이 없다. 우리는 어리둥절해졌다. 우리는 춤과 물로 살고 있었다. 우리의 끝부분은 얼음처럼 차가워졌다가, 몇 시간 뒤에는 잉걸불처럼 펄펄 끓었다. 우리는 저혈당, 저체온증, 백혈구 감소증, 저칼륨증, 저혈압을 경험했다. 우리는 서서히 약해지고, 초라해지고, 축소되었다. 우리의 깊은 구조가 타격을 받았고, 우리의 펼쳐짐이 중단되었다. 그러나 위대한 흉근으로서 두 팔을 계속 보조해야만 했다. 모든 영광은 우리에게 헤라클레스적인 노력을 요구했다.

우리는 곧 의식과 의식 불명 사이에서 떠돌게 되었다. 길의 끝에 이른 젖가슴들, 쓰러진 젖꼭지들, 심연의 가장자리에서 메두사의 뗏목[28]을 탄 순결한 유방들. 우리는 돼지 가슴 하나를 통째로 먹어치울 수 있었을 것이다. 우리는 그만큼 굶주려 있었다. 그리고 근육들이 녹아버렸고, 뼈가 밀도를 잃어버렸다. 심장은 미친 듯이 펌프질을 했다. 신장은 지방질의 보호를 받지 못했다. 여러 기관의 예후가 나타났다. 여주인은 우리를 굶겨 죽이면서도 자기가 생존할 수 있을 거라고 생각할 정도로 나이브했던 걸까? 그녀는 우리가 건포도 두 알갱이처럼 그녀의 접시 안으로 떨어지는 걸 보고 싶어 했나? 틀림없이 그랬던 것 같다.

그런데 사람들이 우리를 구해 주었다. 우리의 구원자는 위장병 학자의 모습으로 나타났다. 그는 온갖 종류의 주사를 놓았다. 우리는 우리의 은인 앞에서 기절했다. 우리는 그의 입술에서 반짝이는 침을 좋아했고, 껌을 줄창 가볍게 물어뜯고, 으깨고, 찢는 그의 이빨을 좋아했다. 그는 껌을 씹으면서 우리 위로 몸을 기울이고 진찰을 했다. 우리는 그의 턱뼈 근육에 매혹되었다. 그것은 껌을 질겅질겅 씹고, 비틀고, 끝까지 잡아당겼다가 다시 거두어들여 그의 혓바닥을 이용해서 풍선을 만들었다. 그의 턱을 바라보면서 우리는 엑스터시에 빠졌다. 그의 입술은 꽃잎이 꿀벌들을 불러들이듯이 우리를 불러들였다. 우리는 그의 큰 손도 좋아했다. 아주 잘 다듬어진 그 손에는 둥글고 깨끗한 손톱이 달려 있었다.

그리고 우리는 65 A 처치를 받았다.

---

28 프랑스 낭만주의 거장 테오도르 제리코의 그림(1819). 1816년 메두사호의 난파 상황을 재현한 유명한 그림. 400명의 고위직은 무사히 탈출하고 150명이 뗏목을 탔으나 표류 중 15명만이 살아남았다. 웅장한 화면 구성, 시신의 리얼한 표현, 살아남은 자들의 절망적 표정 등이 충격으로 다가온다. 대체로 '마지막 구원의 방편'이라는 의미로 사용된다.

7

그 이후로 나는 어쩔 수 없이 그들과 함께 다녀야 했는데, 그것은 끔찍할 정도로 성가신 일이다. 가장 짜증스러운 것은 그들이 어떤 상황에서나 나를 흉내 낸다는 것이다. 내가 웃으면, 자기들도 웃고, 내가 기침을 하면 자기들도 기침을 한다. 버스를 타면, 제동장치 리듬에 따라 출렁거린다. 그들의 기괴한 행동이 가져오는 고난을 더 심하게 만드는 것은, 그들이 모든 사람들의 시선을 끌어당긴다는 사실이다. 곁눈질로 보는 사람도 있고, 대놓고 정면으로 보는 사람도 있다. 우유부단한 사람들, 거친 사람들, 노인들, 젊은이들, 아이들, 개들까지 전부 바라본다. 나는 옷을 검소하게 입지만, 사람들은 그들만 본다. 그들은 자기 자신을 자랑스럽게 내보이고, 미치광이들처럼 눈에 띈다. 그들은 사춘기 이전 소년 소녀들의 호기심과 청소년들의 자위 충동을, 독신자들의 갈망을, 남편들의 향수를 일깨운다.

나의 가슴들은 나를 인질로 잡고 있다. 그들은 나의 정체성을 빼앗아갔다. 그들은 세계와 나 사이의 메시지를 엉망진창으로 만들어 버렸다. 그 이후로 학교 수위는 나를 잠재적인 지진아로 취급한다. 우리 집 맞은편에서 중국 식당을 하고 있는 부부에게는 일본 판화 위조품으로 보인다. 식료품점 남편에게는 법적 제재를 당할 수 있는 대여용 비디오테이프이다. 동성애 예술사 여자 선생님에게는 하나의 열림으로 여겨진다.

춤을 출 때면, 상황은 더욱 나빠진다. 나는 이 물렁물렁하고 불안정한 요소를 통제할 수 없고, 이 뼈 없는 기관은 나를 축에서 벗어나게 만든다. 그들은 쓸데없는 곡예사이며, 무능하고 재능 없는 춤꾼이다. 춤에 대한 소질이라고는 아무것도 가지고 있지 않은 림프절과 물과 지방질로 이루어진 두 개의 포장 팩. 내 흉곽에 달려 있는 쓸모없는 두 개의 주머니. 그들이 나를 들어 올리는 왕자를 마룻바닥으로 끌어내릴 만큼 무거워질 때까지 기다려야 한다는 말인가? 그럴 수는 없다.

7 bis

　발레 수업에 가기 전에, 그녀는 약국에 가서 붕대를 샀다. 붕대 감기가 유용하다는 것은 여러 차례 밝혀졌다. 특히 토슈즈를 신고 발레를 하게 된 이후에 그랬다. 붕대는 섬유 조직과 고무를 합성한 것으로, 발목, 관절, 근육과 인대들을 확실하게 받쳐 준다. 혈행을 끊는 경향이 있기는 하지만, 훼손된 부위를 적절하게 받쳐 주고, 근육의 힘을 부분적으로 보완해 준다. 그러나 어떤 근육도 망가지지 않았다. 삐걱거리거나 삔 곳도 없고, 고통스러운 관절도 없다. 그래서, 그녀가 붕대 롤러 네 통을 주문했을 때, 비록 우리가 중간 정도의 지성을 가지고 있기는 하지만, 의심스러운 생각이 들었다. 그걸 가지고 방을 꾸미려는 건가? 무슨 가장을 하나? 익

살극을 준비하나? 그러나 우리 생각이 맞는 것 같지는 않았다.

그녀는 우리를 목욕탕에 두 번 감금했다. 한번은 벌거벗은 채, 첫 번째 붕대 끝을 네 번째 갈비뼈 높이에 놓더니, 공기가 하나도 들어가지 않도록 주의를 기울이면서 우리 곡선 아래쪽에 둘둘 감았다. 우리는 천 개의 조그만 고무 이빨들이 우리 피부를 물어뜯는 것 같은 느낌을 받았다. 그녀는 살아있는 존재에게 한번도 경험해 보지 못한 고통을 부여할 때 사람들이 종종 그러듯이, 더듬어보고는 멈칫했다. 그녀는 붕대를 최대한 잡아당겨서 완벽한 흉곽의 감옥을 만들었다. 우리는 재갈이 물려지고, 입이 봉해지고, 속박당했다.

그리고 곧 공기와 피가 부족하게 되었다. 우리는 우리가 왜 갇혔는지 이유도 모르는 채, 더듬거리며 앞으로 나아갔다.

모든 것으로부터 절연 당한 채, 우리는 지표를 찾았다. 버스의 진동. 정차를 요구하는 벨소리. 경찰차 사이렌. 계단 올라가는 소리. 피아노 화음. 지팡이로 마룻바닥 두드리는 소리. 평가. 질책. 웃음소리. 가제 천으로 이루어진 감옥 안에 갇혀, 산소 결핍증에 이를 정도로 납작해진 채, 어둠 속에 빠져, 외부와의 모든 접촉을 차단당한 우리는, 너무나 혼란스러워, 사지, 기관들, 뼈 등 몸의 나머지 부분들과 우리의 낭패감을 공유할 수 없었다. 우리의 상상력이 우리의 유일한 안내자였다.

우리는 〈야상곡〉을 기억으로 재구성하며 허공 안에서 춤을 추었다. 그 곡은 우리의 비탄의 음악이 되었다. 우리의 배틀은 부서졌다. 압력을 받아서 수천 개의 모세혈관들이 폭발했다. 산소가 부족해서, 수천 개의 세포들이 괴사했다. 형성 중이던 우리의 둥근 곡선은 힘든 시련에 봉착했다. 어떤 유관(乳管)들은 부서질 위험에 처했다. 우리 여주인은 붕대가 부과하는 고문을 완화시키기 위해 그것을 벨포 밴드라는 고유명사로 불렀다. 벨포는 우리를 위해 고안된 것이 아니다. 그것에 관해 이야기할 수 있는 최소한의 사실은 그것이다.

너무 이른 시기에 미라가 된 소녀의 살인. 우리는 식은땀을 흘렸다. 평소에 우리의 꼭지는 밖으로 나와 있어 부드러운데, 이제는 점점 더 주위의 살에 파묻힌 차갑고 무기력한 살이 되어 가고 있었다. 우리의 윤곽은 지워져 버려 우리는 하나가 다른 하나에게 힘을 줄 수 없게 되었다. 시간이 흘러 지나감에 따라, 붕대는 느슨해져서 약간의 공기가 우리에게 제공되었다. 약간의 빛이 우리에게까지 도달했다. 집에 돌아온 여주인은 일그러지고 창백해지고, 겨드랑이 높이에서 상처를 입은 우리를 풀어주었다. 그녀는 욕조에 뜨거운 물을 받은 다음, 우리를 그 안에 담갔다. 그녀는 우리를 힐끗 바라보았을 뿐이다. 형 집행자들은 그들이 부과한 나쁜 형벌을 곧다시 저지른다. 그들은 그들의 희생자들에게 관심이 없다. 그들은 그 행위로부터 생겨난 힘에 대한 느낌과 그 행위로 인해 자신이 처벌받지 않았다는 사실에 관심을 가진다. 그 느낌은 그들에게 특별한 기쁨을 제공한다. 고백할 수 없는, 날 내를 푹푹 풍기는 감정.

8

어느 날, 시몽 씨 스튜디오로 올라가는 계단을 세 칸씩 뛰어오르다가, 나는 피아노 반주자 레베카 주위에 어머니들이 구름처럼 모여 있는 것을 본다.

레베카가 설명한다.

—시몽 씨가 우리를 떠나셨습니다.

시간이 흘러 지나가면서, 그녀의 이빨은 그녀의 중형 그랜드피아노 뵈젠도르퍼 건반처럼 누레졌다.

—아니 어떻게 그런 일이? 그분이 우리를 떠나셨다고요?

자신의 생애의 모든 오후를 시몽 씨에게 바친 한 엄마가 묻는다.

레베카가 슬픔으로 깔깔해진 목으로 마른 기침을 한다.

거의 40년 동안, 레베카는 시몽 씨가 영원히 살 것이라는 헛된 희망을 품어왔다. 그녀는 자신의 삶을 그 영원성 주위에서 꾸렸다. 그런데 갑자기, 어흑흑흑흑, 아무도 없다, 빈 스툴과 지팡이 하나뿐이다.

시몽 씨의 죽음은 나를 슬프게 한다. 그러나 동시에 마음이 가벼워지기도 했다. 나는 한 페이지를, 내 유년의 페이지를 넘길 수 있을 것이다. 나의 유년을 발레 바에서의 끊임없는 연습의 연속으로 정의할 수 있다면 말이다.

나는 용돈으로 모리스 베자르의 『봄의 대관식』 표를 한 장 샀다. 나는 첫 번째 불륜을 저지르려고 하는 사람과 같은 상태에 처해 있다. 나는 또 한 사람의 거장과 함께 시몽 씨를 배신하려는 것이다. 나는 방탕한 약속에 가는 것이다. 아카데미의 소녀들은 나와 함께 가겠다고 약속했지만, 마지막 순간에 생각을 바꾸었다. 그래서 내가 시몽 씨를 배신하고 있다는 느낌이 더욱 커졌다.

극장 안에 들어가니, 관객이 많지 않다. 나는 여기저기에서 무용수들을 알아본다. 무리지어 있는 그들은 소란스럽다. 춤추지 않는 사람들의 감탄과 선망을 유발시키며 눈에 보이지 않는 특권의 우리 안에서 날아다니는 앵무새들. 그들의 대화에서 몇몇 이름이 튀어나온다. 무드라. 미샤. 모리스. 그들은 큰 소리로 웃으며, 베자르를 친근하게 이름으로 부른다. 그들은 내가 가지고 있지 못한, 미래에 대한 확신이라는 무한히 귀중한 특질을 가지고 있는 것 같다. 풍성한 금발머리를 가진 소년 하나가 나에게 무심한 눈길을 던지더니 나를 향해 담배 연기를 뿜어낸다. 그의 옆에 있는 검은 눈동자의 소녀는 다른 사람들의 말을 주의 깊게 듣고 있다. 그녀는 안무가, 관리인, 교장이나 극장장이, 어쩌면 그 모든 사람이 동시에 될 것이다. 그녀는 그녀의 발자취 안에 진지하고 매우 희귀한 작업의 흔적을 남길 것이다. 그녀의 눈에 그렇게 씌어 있다.

나는 중간 계단에 자리를 잡고 앉는다. 내 옆 좌석에 앉은 남자는 긴 머리를 뒤로 묶고, 청바지와 검은 가죽 재킷, 그리고 흰 티셔츠의 간소한 복장을 하고 있다. 베자르의 패션은 모방자들을 만들어 낸다. 남자가 나에게 미소를 지어 보이지만, 나는 그 미소에 답하기 힘들다. 나의 불편함을 흩어버리려고 나는 프로그램 읽기로 도피한다. "〈봄의 대관식〉. 부제는 이고르 스트라빈스키의 〈2막으로 된 이교 러시아의 그림〉. 균열의 작품으로 줄거리가 아니라 고대 러시아로부터 영감을 받은 일련의 이교 의식들이 제시된다." 시몽 씨였다면 '음란한 의식'이라고 말했을 것이다. 그는 그가 있는 곳에서 나를 볼 수 있을까? "첫 번째 그림 : 대지 숭배. 두 번째 그림 : 희생제의." 이런 젠장, 이교적인 것을 넘어서 극단적으로 폭력적이군. 〈호두까기 인형〉을 다시 보러갈 걸 그랬다. 〈호두까기 인형〉이라면, 적어도 관객은 자기가 무엇을 샀는지는 알 수 있으니 말이다.

바순으로 연주되는 멜로디가 시작된다. 호른이 섞이고, 클라리넷과 저음 클라리넷이 합류한다. 남성 무용수 30명 정도가 무대에 등을 보인 채 앉아 있다. 두 손은 바닥을 짚고 있고, 팔은 대각선 방향으로 뻗고 있다. 그들은 두 번째 피부로 덮여 있고, 조명의 빛에 의해 아주 잘 다듬어진 조각처럼 보인다. 첫 번째 무용수가 바순의 프레이징에 대답하며 일어선다. 그는 양 어깨를 펼치고, 가슴을 열고,

머리를 뒤로 기울인다. 그의 상반신은 음악 안에 포함되어 있는 자연의 명령에 대답하기 위해인 듯이 펼쳐진다. 두 번째 무용수가 같은 동작을 한다. 조르주 돈이다. 베자르가 사랑하는 아이, 그의 연인. 돈에 대해서는 아주 많은 이야기들이 있다…그는 아무도 저항할 수 없는 아름다움을 가지고 있다. 그는 〈로미오와 줄리엣〉과 〈현재의 시간을 위한 미사〉에서 독무를 추었다. 올해 그의 재능은 〈신의 광대 니진스키〉에서 폭발했다. 그는 20세기 발레의 떠오르는 스타지만, 지금은 다른 무용수들과 함께 춤추고 있다.

곧이어 남자들이 모두 일어선다. 그룹으로부터 믿기 힘든 에너지가 발산된다. 나에게 가장 인상적인 것은 바로 집단의 힘이다. 고전 발레에서 집단은 단지 솔리스트를 돋보이게 하기 위해 존재할 뿐이다. 그들을 그림이 그려진 예쁜 종이로 대체할 수도 있을 것이다. 고전 발레가 역할들을 기업체들처럼 배당한다고 말할 수도 있다. 사장, 부장들, 과장들, 평직원들, 노동자들, 임시직들, 청소부들. 〈대관식〉에서는 반대로 집단이 안무의 주축이다. 무용수들은 그들에게 위계나 기능을 할당하는 어떤 외적 표지도 가지지 않는다. 그들은 조직적 진실에 의해 움직이며 완전히 새로운 그러나 세계의 보다 고대적인 재현을 보여준다. 솔리스트 한 사람이 도입 파트를 추지만, 자연 안에도 무리의 우두머리, 처음으로 피어나는 꽃봉오리는 있는 법이다. 상체들은 폭발하고, 몸들은 펄떡이며 도전한다. 그룹은 단 하나의 존재처럼 호흡한다.

두 번째 그림도 나신으로 분장한 여성들을 보여준다. 그녀들은 살색 옷을 입고 있다. 그녀들은 드미 푸앵트[29]로 춤을 춘다. 몇 명은 머리카락을 풀어놓고 있다. 이번에 나신의 환상은 혼란스럽다. 가슴이 강조되어 있다. 들리는 풍문에 따르면, 베자르가 무용수들에게 브래지어에 솜을 채워 넣으라고 지시했다고 한다. 발레의 내용인 이교적인 섹슈얼리티 제전에 필수 불가결한 관능성을 강화하기 위해서였다는 것이다. 나는 발레리나들이 가슴을 부풀렸다는 것을 알게 된 것이 전혀 즐겁지 않다. 나는 가슴이 사라지게 하려고 사력을 다해 미친 듯이 노력하고 있는데 말이다. 게다가 나는 그 이야기를 절반만 믿는다. 그 이야기가 사실이라면, 왜 베자르는 진짜 가슴을 가진 여자들, 나를 닮은 여자들을 택하지 않았다는 말인가?

여성 솔리스트는 온갖 종류의 새들을 모방한다. 구부린 자세로 깡충깡충 뛴다. 첫 번째 그림에서 남성들이 보여준 춤사위는 아주 드물게만 다시 나타났다. 그녀의 동작은 그리 뛰어나지 않았고, 때로는 우스꽝스럽기까지 하다. 베자르가 남성에게 더 많은 부분을 할애하기 위해 애쓴 것처럼 보인다.

남성들과 여성들이 함께 무대 위에 나오자, 긴장은 한층 더 높아진다. 커플들은 온갖 종류의 짝짓기 방식으로 결합한다. 서투른 방식, 거친 방식, 곡예 같은 자세, 그리고 약간 기괴한 방식. 베자르가 섹스-체조를 고안해냈다고 말할 수도 있을 것 같다. 시몽 씨가 이따금 말했던 신성모독적 오르지가 저것이다. 솔직하게 말

---

29 demi-pointes. 뒷꿈치를 마루에서 들어올려주는 발의 포지션으로 발가락 밑으로 균형을 잡는다.

해서, 나는 사람들이 스캔들이라고 외칠 만한 것은 아무것도 보지 못했다. 오히려 좀 지루했다고 말할 수 있을 것 같다.

육체의 군대가 그 엉덩이의 힘으로 관객에게 충격을 주고 있다. 커플들이 엉켜서 육체관계를 맺고 있다. 내 오른쪽에 앉은 꽁지머리 남자가 내 넓적다리 위에 한쪽 손을 올려놓는다. 나는 분노의 비명을 지르지만, 그 소리는 곧 이고르 스트라빈스키의 음악 안에 빠져버린다. 이번에 나는 시몬 씨의 생각에 동의한다. 그것은 충격적이고, 모욕적이고, 천박하다. 나는 일을 분명하게 매듭짓기 위해서, 옆자리 남자의 손을 그에게 돌려준다. 그러자 그는 그의 손을 바지춤에 올려놓는다. 마치 그것을 올려놓을 다른 장소가 없다는 듯이. 그렇게 짧은 시간에 군무의 힘, 솜을 채워 넣은 브래지어, 섹스-체조 같은 여러 가지 새로움을 동화시킬 수 있는 사람은 아무도 없다. 게다가 이제는 귀찮게 구는 짝퉁 모리스 베자르까지. 나는 나를 구하기 위해서, 마지막 클라리넷 소리—어쩌면 바순이나 오보에나 큰북이었는지도 모르겠다. 이 단계에서, 아무래도 상관없다—가 날아오를 때, 일어서서 극장을 나온다. 이어서 천둥 같은 박수소리가 들려온다.

그 후 몇 주 동안, 나는 그 끔찍한 저녁을 떠올렸다. 나는 내 해부학책의 도움을 받아서, 여러 가지 뼈들을 다시 살펴보았다. 나는 내가 아직도 배울 것이 많다는 것을 인정하게 되었다. 몇 년 뒤에, 나는 1913년에 영화화된 니진스키의 〈봄의 대관식〉을 발견하게 되었다. 놀라울 정도로 현대적인 그의 안무가 기진맥진해진 육체의 고대적 재현에 바탕을 두고 있다는 것도 알게 되었다. 그의 직선들과 부서진 선들, 그의 순수함, 신비를 요구하는 그의 재현. 그때 나는 생전 처음으로 내 삶을 스스로 생각해 보게 되었다. 나는 개인적인 목적으로 극장에서의 그날 밤에 '봄의 실망'이라는 새로운 이름을 붙였다.

8 bis

밤에, 우리는 잠을 잘 자지 못했다. 우리는 두 명의 사형수들처럼 새벽이 오는 것을 두려워했다. 그러나 살은 자기가 매우 영리하다는 것을 알리는 방법을 알고 있었다. 매일처럼 속박의 형벌에 매여 있는 우리 피부가 썩어가기 시작했던 것이다. 이집트 미라처럼 취급된 나머지, 피부 여기저기에 가느다란 각질 선이 생겨났다. 우리 피부의 PH는 요산이 되어 우리는 그 독으로 인해 죽을 지경이 되었다. 원래 아주 우아한 우리가 시체의 상태로 쪼그라들었다. 그런데, 모든 희망이 붕대의 눅눅한 어두움에 완전히 빨려 들어가는 것처럼 보였던 그때, 생명이 예기치 않았던 형태로 우리를 찾아왔다. 그것은 '칸디다 알비칸스'라는 매력적인 이름을 가진 버짐이었다. 갓난아기의 엉덩이 홍진이라고도 불린다. 우리의 발한작용의 발효로 인해 생겨난 그것은 우리가 입고 있는 라운드티 안에 머무는 데 유리한 조건을 찾아낸 것 같다. 그것은 우리의 억류상태를 이용해서 증식했고, 우리의 둥근 곡선 너머로 그 영역을 확장할 기세였다. 그래서 우리 주인은 죽음의 붕대감기를 포기할 수밖에 없는 상황에 놓였다. 게다가 피부과 의사는 바캉스를 떠나 맑은 공기를 쐬라는 긴급 처방을 내렸다.

―블랭 양, 요오드, 태양, 그리고 해수욕. 그 방법뿐입니다.

우리 귀에 들려온 의사의 처방은 우리가 견뎌내어야 했던 고통의 크기만큼 큰 기쁨이었다. 독방에 오래 갇혀 있다가 밖으로 나온 기분이었다.

우리는 브르타뉴 해변을 당당하게 산책했다. 주인은 우리가 좋아하는 목 부분이 깊이 파인 러닝셔츠 하나만으로 우리를 숨겼다. 그리고 우리는 황제의 바캉스를 보냈다. 때로는 해수욕을 하기도 하고, 때로는 9월에 있을 진도 따라잡기 시험을 예습하기도 했다. 우리는 요오드 바르기, 피타고라스 정리, 게메네 소시지, 짭짤한 버터 캐러멜, 브르타뉴 오얏 플랑, 팔레 과자, 꿀물, 접속법 반과거의 행복한 활용, 시저의 실책, 아우구스투스, 티베리우스, 칼리굴라, 클라우디우스와 네로, 로마네스크, 고딕, 바로크 양식, 프랑스 대혁명, 파리 코뮌, 빛의 세기, 노예제도 폐지, 천한 금속들, 고귀한 가스들, 아메바, 무세포성 동물들, 원자핵 분열, 루소, 스탕달, 위고, 『부드러운 나이의 마드무아젤』『친구들 안녕』을 즐겼다. 소년들에 대한 우리의 수업은 철저하게 이론적 수준에 머물러 있었다.

주인은 그녀가 늘 그러듯이 분위기를 깨고는 했다. 그녀는 사내 아이들이 너무 많은 곳에서는 해수욕하기를 거부했고, 또래 사내아이들과 배구 경기하는 것을 거절했다. 다른 소녀들이 미스 비치 선발대회에 등록할 때 어머니와 함께 시장에 가고는 했다. 7월 14일, 샴페인 한 병이 그녀의 감탄을 우리 위에 쏟아부었다. 처음에 샴페인 몇 방울이 이제는 치유된 우리 옆구리 피부에 쏟아졌는데, 그러자 그것은 기분 좋은 따가움을 유발하며 터져 버렸다. 그러자 주인은 그 쌉싸름한 사과 발효주를 입으로 가져가 마셨고, 우리의 내장은 안으로부터 따뜻해졌다. 우리는 취했고, 연거푸 들이켰고, 얼큰해졌고, 딸꾹질을 하고, 웃음을 터뜨렸다. 우리 안 깊은 곳에 근원을 둔 환희의 폭포가 솟아올라왔다. 우리는 완전히 치유되었다.

그리고 우리를 바라보는 남자들의 눈길이 달라졌다. 우리는 평가받는 동그스름한 가슴의 단계에 진입했고, 피선거권을 가지는 한 쌍의 젖가슴이 되었으며, 우리가 원한다면 우리의 새로운 조건이 우리에게 약속하는 것으로 보이는 긍정적인 오르지를 불러낼 수 있었다. 수영 타월을 떠나서 바다에 수영하러 갈 때면, 우리와 함께 수영하겠다는 지원자가 나타났다. 마스크나 호흡관을 가진 남자들은 물속에서 우리를 바라보았다. 익사하지 않으려고, 또는 배구 경기를 놓치지 않기 위해서, 수줍음이나 예의 때문에, 남자들은 우리가 그들에게 행사하는 매혹을 피하려고 했다. 그러나 그들은 바닷물에 들어갔다가 나와서, 샌드위치를 하나 먹고 나서, 또는 동료에게 선크림을 발라주고 나서 다시 돌아왔다.

그리고 우리는 우리의 막내들, 우리처럼 열네 살이 되고 싶어

하는 조그만 젖가슴들의 찬탄의 대상이 되었다. 우리보다 나이가 많은 가슴들은 매우 동물적인 결단력으로 그녀들의 위치를 방어했다. 기운이 빠지고 벌써 체념한 다른 가슴들은 해수욕 수건 위에서 오믈렛처럼 퍼져 버렸다. 어떤 가슴들은 소설책이나 잡지책 아래에서 졸고 있었다. 특별히 온화한 어떤 가슴은 음식물 가방, 피크닉 바구니, 뜨개질한 작품, 한 아이의 상처 위로 몸을 기울였는데, 그 가슴은 신뢰와 애정을 보내는 재잘대는 꼬맹이들에게 둘러싸여 있었다. 그런 가슴들은 나름대로 행복하고, 완결되어 있고, 평온하다는 느낌을 주었다. 그리고, 그 실체가 다 비어버린 쭈글쭈글해진 가슴들도 있었다.

이 모든 풍요로운 배움에도 불구하고, 우리는 한 번 더 바캉스로부터 돌아와야 했다. 그것은 우리가 떠날 때와 마찬가지로 동정(童貞)인 바캉스였다.

9

브래지어를 착용한다는 것은 가슴들이 존재한다는 것을 인정한다는 뜻이다. 운명이 그것을 시켜서 나를 망하게 하려고 작정한 뱀을 먹여 키우는 셈이다. 나는 아우로라를 연기하고 싶었다. 그러나 그 성채는 연기할 생각은 없었다. 그러나 어느 날 우리가 금속 골조가 들어 있는 끔찍한 도구들을 진열해 놓은 여성 속옷 상점 앞을 지나가게 되었을 때, 엄마는 급하게 살 것이 있다는 구실로 나를 가게 안으로 끌고 들어간다. 여성 판매원은 알았다는 듯한 눈길을 엄마에게 던진다. 그녀와 엄마가 얼마 전에 이미 이야기를 나눈 적이 있다고 생각하게 하는 눈길이다. 그렇다면, 이 동네 전체가 이미 알고 있다는 뜻이다. 오예, 오예, 사람들이여,

발레리나 견습생이 그녀의 첫 번째 브래지어를 사러 왔답니다. 나는 덫에 걸린 기분이다. 나는 그들의 먹이, 그들의 막달라 마리아다. 그녀들은 자신들의 추억을 위해 나를 필요로 하는 것이다. 그녀들 역시, 아주 아주 오랜 옛날에는 젊고 거만한 가슴을 가지고 있었다. 그녀들은 내 주위에서 법석대며 줄자로 나를 재고, 모델들을 고른다. 판매원은 그녀의 팔 앞쪽에 몇 개의 모델을 걸쳐놓고 있다. 발레에 적합한 모델들은 아직까지 존재하지 않는다.

—얼마나 귀여운지 보세요.

판매원이 말한다.

—너무 지나친데요.

엄마가 대답한다. 판매원은 자신의 의견을 굽히지 않는다.

—아뇨, 굉장히 여성적이죠. 어린 아가씨들이 모두 이걸 주문하거든요.

—'모두'라는 건 논점이 아네요. 우리 아이에게는 더 소박한 게 필요해요.

판매원은 서랍들을 뒤진다. 그녀는 플레이텍스의 쾨르 크루아제[30]를 들고 돌아온다. 1960년대 초에 대유행을 했던, 그리고 나중에 최초의 페미니스트들에 의해 불태워지기도 했던 브래지어다. 쾨르 크루아제는 공습에 저항하기 위해 고안된 요새화된 캠프이다. 그 독창성은 엇갈린 이중 고무 밴드에 있다. 가슴의 사용에 대한 일종의 베를린 장벽인 셈이다.

---

30   coeur croisé. '교차된 가슴'이라는 뜻.

—됐어요! 이게 바로 우리 아이에게 필요한 거예요!

엄마가 단언한다.

나는 멈칫거리며 피팅룸으로 간다. 커튼을 닫으려는 나의 거듭된 노력에도 불구하고, 그곳은 모든 간섭에 열려 있다. 강력한 네온 조명이 있고, 삼면으로 된 거울이 동일 평면에 있다. 강렬한 빛이 내 육체의 가장 각진 부분들을 분명하게 보여준다. 툭 튀어나온 눈썹 위의 살, 게처럼 생긴 흉부, 뼈가 앙상한 엉덩이, 좌골 아래로 내려오는 긴 두 팔. 인공적인 빛은 내 투명한 피부 아래 있는 파르스름한 실핏줄들이 더욱 두드러져 보이게 한다. 그리고 한가운데에 그들이 있다. 아주 먹음직스럽게 생긴 짙은 색깔의 베리가 올라앉아 있는 완벽한 균형을 이루는 두 개의 비잔틴 돔. 그들은 나에게 질문을 던지고 있는 이 몸에서 유일하게 조화로운 요소이다.

판매원이 묻는다.

—어떠세요?

나는 서둘러서 쾨르 크루아제를 입는다. 내 젖가슴은 캡의 3분의 2만 채울 뿐이다, 꼭대기가 쭈글거린다. 판매원이 설명을 덧붙인다.

—그게 당연한 거예요. 75 B거든요. 손님 사이즈는 없어요.

엄마가 기뻐하며 외친다.

—완벽해요! 6개월 안짝에 새것을 사야 할 일은 없을 테니 말예요.

—잘 알고 계시네요, 블랭 부인. 저 나이에 가슴은 빨리 자라죠. 끔찍해요.

—미리 준비하는 거죠.

—치료보다 예방이 낫죠.

6개월 뒤에 또 브래지어를 입어보아야 한다는 것을 알게 되었으므로, 나는 침묵을 택했다. 모욕의 사다리가 1에서 10까지 존재한다면, 결말의 순간에 우리는 8에서 9 사이에 있었던 것 같다.

9 bis

우리는 잡지에 나오는 가슴들에 감탄했다. 우리는 그 가슴들에게 경의를 보내는 광택지의 성능에 매혹되었다. 어떤 가슴들은 실크와 레이스로 만들어진 매혹적인 이중 케이지를 입고 있었다. 피팅룸의 은밀한 감각도 마음에 들었다. 그것은 피곤하지 않은 긴 산책, 완화된 뛰어오르기, 덜 비틀거리는 달리기, 충격이 없는 추락의 안락함을 엿보게 해주었다. 우리는 당연히 제약이 없는 완전한 자유를 원했다. 그러나 우리는 취향에 따라 귀한 재료들과 영롱한 색채 중에서 선택된 브래지어는 제2의 아름다움이 될 수도 있다고 생각한다. 우리의 볼륨을 더 교묘하게 만들고, 우리의 굴곡을 더 신비하게 만들어, 바라보는 눈으로 하여금 우리의 진짜 모양이 어떻게 생겼을까 궁금하게 여기게 만드는 데 도움을 줄 수 있을 것이다. 잘 받쳐주고, 신비를 덧붙여주며, 숨바꼭질 놀이의 관점을 제공한다. 이것이 브래지어가 가능하게 하는 것이다. 그런데 우리 사이즈는 70 B이다. 애착과 육체적 사랑의 호르몬이 우리의 도약을 격려하고 있다.

10

부모님은 나의 칼륨 부족 현상 이상으로 나의 역사와 지리, 현대의 언어와 과거의 언어에 대한 부족 현상을 걱정하신다. 나는 얼마 전에 낙제했다. 나는 내가 책에, 특히 문학에 관심이 없다는 사실로 나를 방어하려고 한다. 나는, 발레리나가 주인공인 소설이 하나도 없다는 사실 때문에 그렇다고 생각하고 싶다. 적어도 학교에서 가르치는 소설 중에는 없다. 사자 사냥꾼들은 있다. 탐험가들, 비행사들, 선원들, 권태를 푸는 아내들, 가난해진 귀족들, 성공한 부자들, 야심만만한 장수들, 용감한 혁명가들, 탐욕스러운 여관 주인들, 교활한 상인들, 외로운 몽상가들, 편협한 신앙을 가진 여자들, 오후 네 시에 목욕하는 반항적인 여자들… 그런데 발레리나들은? 아무도 없다. 그 때문에 내가 책들을 손에 들고 있지 못하는 것이다. 무지해서, 또는 잘못된 생각 때문일지도 모르는데, 나는 독서의 무한한 풍요로움을 전혀 알지 못한다. 사회 정의에 별 관심이 없는 나는, 『레 미제라블』을 내 책상의 짧은 다리 하나를 받치는 데 사용하고 있다. 『안티고네』나 『안나 카레니나』만이 나에게 눈물을 흘리게 했다. 그녀들의 운명은 지젤이나 코펠리아의 운명처럼 비극적이다.

그런데 학교 수업 때문에 어쩔 수 없이 읽어야 했던, 한 왕자가 여자 가수에게 품고 있는 미친 듯한 사랑을 다루고 있는 장 아누이의 희곡 『레오카디아』가 기적적으로 나를 독서와 동시에 현대 무용에 눈뜨게 만들었다. 나는 가장 특이한 현대무용의 개척자들 중 한 사람을 통해 현대무용을 발견하게 되었다. 이탤릭체로 인쇄된 편집자의 주는 조건법[31]으로 쓰여 있다. 장 아누이는 그의 등장인물 레오카디아를 창조하기 위해 여성무용수이며 개척가인 이사도라 던컨(1877-1927)으로부터 영감을 받은 것 같다. 이름 전체가 독특하다. 이사도라 던컨. 그녀의 비교적 짧은 생애가 나의 호기심을 더욱 부추긴다. 나는 아누이의 작품을 몇 시간 만에 다 읽어버리고, 그 다음날 당장 도서관에 간다.

―던컨이라고 했니? 전혀 모르겠는데…

사서의 대답을 통해서, 나는 책의 첫 번째 존재 이유를 발견한다. 망각 쫓아내기. 더 이상 존재하지 않는 것을 다시 살려내기.

---

31 영어의 가정법.

스물네 시간 전까지만 해도 나는 그녀의 존재조차 몰랐는데, 이제 나에게 이 여성을 찾아내는 것보다 더 중요한 일은 없다. 그녀에 대해 말하고 있는 책이 어디엔가에 틀림없이 있을 것이다. 개척자인 사람이 완전히 사라진다는 것은 있을 수 없는 일이다. 집으로 돌아가기 전에, 나는 우리 동네 책방에 들러서, 서점 주인에게 나의 『레오카디아』를 보여준다. 그는 천정을 올려다보며 묻는다.

—던컨… 던컨이라… 영국인이니? 아니면 미국인?

요컨대, 그도 그녀를 모르는 것이다. 내 주위에 있는 사람 그 누구도 이 무용가에 대해 알지 못하는 것 같다는 사실이 나를 더욱 매혹한다. 그러나 그녀는 내가 학교에서 읽지 않으면 안 되는 작가에게 영감을 주었던 사람이 아닌가.

그 후 며칠 동안, 나는 다른 서점들을 찾아다닌다. 그리고 마침내 공연예술에 조예가 깊은 서점 주인을 한 사람 만나게 되었다. 그는 조금도 망설임 없이 자기 가게 구석쟁이에서 책 한 권을 찾아가지고 나온다—보다 정확하게는 별책 부록으로 인쇄된 너덜너덜해진 예술비평 잡지라고 부르는 것이 맞을 것 같다. 1962년에 발간된 책이다. 잡지에는 흑백사진이 많이 들어있다. 그리고 너무나 기쁘게도, 독일과 미국 현대무용 시작의 역사를 되짚어보고 있다. 서점 주인은 책값으로 5프랑을 요구한다. 내 생애를 뒤흔들어놓게 될 5프랑.

충격의 여파는 대단해서, 나는 내가 얼마나 무식한지 헤아려보게 되었다. 6살부터 나는 춤으로 다듬어졌다. 그 춤은 여자 무용수들이 아주 단단한 마분지로 만들어진 딱딱한 상자로 마무리되

는 신발을 신기를 원한다. 이사도라는 맨발로 춤을 추었다. 그녀
는 가볍고 부드러운 튜닉을 입었는데, 그 의상은 그녀가 살았던 시
대의 코르셋과 치맛자락이 퍼지게 하기 위해 허리 받침을 댄 드레
스와 본질적인 대조를 이룬다. 쥐들은 오페라에서 춤을 추었다.
이사도라는 자연 한복판에서 춤을 추었다. 자유롭다는 말이 그녀
의 뒤에 남을 것이다. 사진들은 잦아드는 파도의 거품 속에서 춤추
는 그녀를 보여준다. 그녀는 역동적이면서도 섬세하고, 천상적이
면서도 지상적이다. 반면에, 그녀의 머리 위에 있는 갈매기는 자기
깃털 속에 파묻혀 있는 것처럼 보인다. 다른 사진에서, 이사도라는
왕관을 쓰고 있는 벌거벗은 여자아기와 그녀처럼 넓은 옷을 입고
있는 여자들과 함께 과수원 안에서 춤추고 있다. 모든 여자들은 꽃
가루처럼 가볍게 빙글빙글 돌고 있다. 나는 이사도라 던컨이 그녀
의 시대의 여성들로 하여금 마침내 자신의 육체의 주인이 되게 함
으로써, 그녀들에게 길을 열어주었다는 것을 읽는다. 자신의 육체
의 주인? 밤늦은 시간까지 나는 그녀의 발자취를 따라간다. 그녀
의 여정은 아름답고 비극적이다. 세느강과 생-마르탱 운하를 잇는
연못에 자동차가 빠져 그녀의 두 아이들이 죽고, 남편이 자살하고
난 뒤, 절망이 그녀를 갉아먹어, 그녀를 죽음에 이르게 했다. 그녀
의 삶과 같은 실로 짜여진, 무게를 잴 수 없는 움직임과 공기 역학
에 던져진 죽음이었다. 레오카디아의 스카프처럼 긴 그녀의 스카
프는 그녀의 자동차 정비공의 차 아밀카르 [32] 앞바퀴 살에 끼었다.

---

32 던컨의 드라마틱한 죽음에 관련된 자동차가 당대에 가장 유명한 고급 차종이었던
부가티라는 설도 있었으나, 연구자들의 연구 결과, 프랑스 차 아밀카르로 결론이 지어졌다.
아밀카르는 '가난한 자들의 부가티'라고 불릴 정도로 모양도 아름답고 성능도 뛰어났다고

이사도라는 출발하는 자동차에서 갑자기 튕겨 나갔다. 그녀는 목이 졸려 죽었다. 나는 아직도 내가 그 독서로부터 받은 충격의 크기를 헤아리지 못한다. 나는 약간은 내가 태어나는 것을 본, 다른 춤이 존재한다는 것을 뒤늦게야 발견하게 된 도시 같다. 현대 무용. 자유로운 춤. 자연스러운 춤. 내면적인 영적인 춤. 나는 내가 언제나 말해 왔던, 그러나 내가 그 가장 중요한 단어들을 모르고 있었던 언어를 다시 배우고 있다는 느낌을 받는다.

한다. 《한국일보》 2015년 3월 23일 자 류청희의 「오토스토리」 참조.

10 bis

　우리는 우리의 균형과 조화로운 우리의 돔들을, 우리의 매끈한 우윳빛 피부를 완전히 회복했다. 태깔을 부려서 우리는 미묘한 불안정성을 가지려고 시도했다. 시니스트르는 자기 둥근 공을 작은 미인점들로 장식하는 좋은 취향을 가지고 있었다. 궁상을 떨지 않으려고 나는 내 것을 내 마음대로 단 하나의 그러나 도도한 점으로 마감했다. 그렇게 꾸미고 나서, 우리는 우리가 더할 나위 없는 모습이 되기를 원했다. 우리는 그곳에 있었다. 한 명의 남자가 또는 여러 남자들이 우리에게 한없는 헌신을 보여주기를 기다리면서 매일처럼 더 나은 상태가 되었다.

　이불 아래 어둑한 빛 안에서 우리는 주인의 관심을 끌어당길 수 없었다. 그녀는 넓적다리 사이에 똬리를 틀고 있는 촉촉한 살의 진주를 모르는 것처럼 우리도 알지 못했다. 그럼에도 불구하고 그 살은 우리에게까지 그 엑스터시한 탄생의 빛을 뿜어내면서 심장처럼 뛰기 시작했다. 주인은 예전에 음식을 거부했던 것처럼 살의 감동을 거부했다. 자기 자신의 습기에 굴복한다는 것은 그녀에게는 쓸데없는 낭비로 보였다. 그녀가 침, 콧물, 담즙, 점액, 거품 등 자신의 체액을 아끼는 것을 보면 그것을 매우 존중한다고 생각할 수밖에 없다.

그리고 우리는 우리의 첫 번째 깜짝 파티에 초대되었다. 주인은 우리를 오랫동안 다듬었다. 전에는 좀처럼 없었던 일이다. 백단향이 나는 로션을 바르고, 그다음에는 분을 발랐다. 마치 우리를 무대에 올릴 준비를 하는 것 같았다. 그녀는 옷걸이에서 친구에게서 빌린 검은색 드레스를 하나 꺼냈다. 가슴 부분이 깊이 파인 몸에 꼭 맞는 짧은 드레스였다. 무슨 계획이라도 있는 건가? 그녀는 옷과 어울리는 굽 높은 구두를 신고, 붉은 막대기로 그녀의 입술을 다시 그렸다. 그래서 우리는 그녀가 특별한 의도를 가지고 있다는 것을 확신하게 되었다. 그녀는 우리가 갈망했던, 그러나 그녀가 드문 고집스러움을 가지고 도망치려고 애썼던 인류의 절반을 향해 드디어 마음을 열 준비를 하고 있는 것 같았다.

파티는 시몽 씨의 여학생이었던 소녀의 부모님 집에서 열렸다. 그 소녀의 오빠는 얼마 전에 런던 시티 발레단에 입단했다. 우리가 도착하자, 우리가 익히 알고 있는 빛빛 소녀들이 주인의 패션이 완전히 달라진 것을 알아차렸다. 그녀들은 특히 우리가 입고 있는 가슴 파인 대담한 드레스에 주목했다. 떠들썩한 사람들 사이에서 환영을 받은 우리는 곧 한 무리의 소년들이 도착할 것이라는 소식을 들었다. "…랑 춤추는 애야." "걔는 …발레단에 들어갔어." "걔는 …콩쿠르에서 상을 받았어." "그들은 …페스티벌에서 춤출 거야." 그들의 이력은 우리에게 별로 중요하지 않았다. 그러나 그러한 이력은 이 소녀들 사이에서는 특별한 매력을 행사했다. 우리는 끔찍하게 지루한 사람들 몇 명에게 인사했다. 여주인이 존경하는 사람들이었다. 60미터 허공에 떠서 사람들을 경멸하듯이 내려다보는 외투걸이처럼 뻣뻣한 소녀들에게도 인사했다. 툭 튀어나온 가슴을 가진 그녀들은 화장실에 갈 때에도 발을 제5 포지션으로 놓고 걸어갔다. 우리의 관심은 흘러나오는 〈현재의 시간을 위한 미사〉 멜로디에 맞추어 유연한 몸으로 깡충거리며 쾌활하게 춤추고 있는 한 무리의 사람들에게로 옮겨졌다. 우리는 거나하게 취한 사람들이 가득 차 있는 방들을 찾아갔다. 우리가 사람들 사이를 비집고 다니는 동안, 어떤 소년들은 인상을 쓰거나, 미소를 짓거나, 슬쩍 건드리거나, 가까이 다가오거나, 부딪치거나 하면서 우리의 관심을 끌어보려고 했다. 나의 점이 꼭 끼는 검은 드레스 밖으로 튀어나왔다. 나는 시니스트르보다 더 강한 인상을 주었다. 그러나 내가 무슨 말을 꺼내기 전에, 시니스트르가 먼저 우리는 팀을 이루고 있으며, 팀으로 움직일 거라는 사실을 나에게 환기시켜 주었다.

　―네가 더 강한 인상을 주었네… 그만둬, 웃다가 숨 막혀 버리게 할 테니까!

　―후회된다. 하지만 그게 사실이잖아.

　―너는 길을 잃었어, 불쌍하게도.

—질투하는구나!

—과대망상증 환자 같으니!

호리호리하고 몸이 흔들리는 소년 하나가 우리에게 잔을 하나 가져왔다. 그는 이전에 20세기 발레에 속했었다, 지금도 그 발레에 속한 상태였다, 또는 앞으로 속하게 될 것이다—음악은 동사 변화를 포함한다. 그의 독백은 이상하게도 음악과 함께 멈추었다. 그래서 우리는 그가 정말로 누구였는지 결코 알 수 없었다. 조금 뒤에 어깨가 넓고 당당한 모습의 다른 소년 하나가 우리에게 자신을 소개했다.

—나는 그레구아르라고 해. 카티아의 오빠지.

그는 가장자리가 말려 올라간 입술로 여주인의 퍼레진 뺨에 얼른 입을 맞추었다. 그녀는 그를 얌전하게 밀어냈지만, 기분이 나빠 보이지는 않았다. 우리에게는 그 태도가 진전으로 여겨졌다. 2년 전이었다면 아마 들고 있는 잔의 내용물을 그의 얼굴에 끼얹었을 것이다. 소년이 말했다.

—네가 와주어서 좋아. 전부터 카티아가 나에게 네 이야기를 했었거든.

그는 쟁반 위에 모히토 두 잔을 올려놓은 다음, 우리가 술에 취해 있는 사람들 사이로 지나가도록 도와주었다. 그는 우리가 그를 따라오는지 확인하기 위해 여러 차례 뒤돌아보았다. 그의 눈이 우리의 앞가슴 계곡 위로 떨어섰다. 그의 속눈썹이 가스램프에 몸을 부딪치며 자신을 태우느라고 분주한 나방의 날개처럼 떨렸다. 그는 붉은 조명 아래 멈추어 섰다. 조명 때문에 우리의 검은색 옷이

짙은 보라색으로 변했다. 그는 광기 어린 눈으로 우리 옷 위에 박하 잎사귀가 하나 떨어져 있는 것을 알려주었다. 그가 그것을 떼어내려고 손을 뻗치자, 주인은 웃으면서 그대로 있었다. 그가 그녀의 귀에 대고 속삭였다. 그의 말은 관능적이었다. 그 말들이 하나의 이랑을 파냈다. 그것은 고막 표면에서 생겨나, 목덜미를 따라 폭포처럼 흘러내리더니, 우리에게까지 이르러 수많은 실개천이 되어 펼쳐졌다.

우리는 테라스 위에서 그에게 기대고 있었다. 그리고 나중에는 신발장 안으로 들어갔다. 가죽과 목재, 그리고 구두약 냄새가 진하게 풍겨왔다. 그 냄새가 우리를 더욱 흥분시켰다. 우리는 옷 속에서 두 개의 활처럼 팽팽하게 당겨져 있었다. 우리는 민첩한 손가락에 맡겨진 채, 끈적거리는 손바닥 아래에서 물결쳤다. 그 손가락들은 우리가 환희에 이를 때까지 우리를 꽉 움켜쥐었다.

우리는 얼이 빠져서 비틀거리며 파티장을 나왔다. 여주인은 우리가 취했다는 사실에 거의 신경을 쓰지 않았다. 우리가 온전히 그녀에게 속해 있는데도 말이다. 그녀는 런던 시티 발레단의 무용수인 카티아의 오빠와 그것을 했다. 그녀는 재능이란 전염성을 가진 것이라고 생각했다.

11

독서를 보완하면서, 나는 로이 풀러[33]를 발견한다. 그녀는 프랑
스의 카바레들에서 거대한 베일 옷들을 휘날린다. 그 옷을 입은
그녀는 나에게 오트 쿠튀르를 입은 이사도라 던컨처럼 보인다. 나
는 미국 무용을 이해하기 위해 며칠 밤을 하얗게 새우고, 루트 세
인트 데니스[34] 그리고 테드 쇼운[35]과 함께 잠들고 도리스 험프리

---

33 Loïe Fuller(1862~1928). 미국의 여성 현대무용가. 넓고 긴 스커트를 펼쳐 흔들며 불빛을 비추는
'스커트 댄스'가 유명하다.

34 Ruth Saint Denis(1879~1968). 미국의 여성 현대무용가. 동양의 철학과 종교, 무용에도
깊은 관심. 미국 현대무용에 큰 영향을 끼침. 음악의 시각화 작업이 대표적 업적. 음악의
리듬뿐 아니라 음의 강약과 음질에 상응하는 동작을 정밀하게 창조했다.

35 Ted Shawn(1891~1972) 미국 현대 남성 무용 선구자 중 한 사람. 모두 남성으로
이루어진 무용단 창시. 남성적 동작에 대한 참신한 아이디어로 당대에 가장 큰 영향력을 끼친
안무가로 꼽힌다.

[36], 찰스 와이드먼[37], 그리고 마사 그레이엄[38]과 함께 잠에서 깨어난다. 나는 독일 현대무용 창시자들인 마리 비그만[39], 커트 주스Kurt Joos, 그리고 오스카 슐레머[40]와 함께 버스를 탄다. 나는 탐정조사 한복판에서 증거들을 모으고 있는 것처럼 기분이 좋다. 나는 호흡이 첫 번째 움직임이라는 것을 배운다. 나는 내가 십 년 동안 숨을 참아왔다는 것을 깨닫는다. 나는 "어깨 내려!", "목 잡아 빼!", "엉덩이 돌려!", "배 집어넣어!", "다리 들어!" 등의 지시들을 기억하고 있다. 그러나 "숨 쉬어!"라는 말은 단 한번도 들어 본 기억이 없다.

내 머리 안에서 피할 수 없는 변화들이 이루어지고 있다. 새로운 무보법(舞步法) 체계가 만들어지고 있다. 유일신교도에서 다신교도가 되어 가고 있다. 나는 방 안에 틀어박힌다. 단지 내가 배운 아다지오 동작을 복습하기 위해서만은 아니다. 나의 첫 번째 즉흥 안무에 몰두하기 위해서이기도 하다. 널리 퍼져 있는 생각들과는 달리, 즉흥 예술은 아무렇게나 하는 것이 아니다. 즉흥 예술은 약

---

36 Doris Humphrey(1895~1958). 미국의 여성 현대무용가. 인간의 움직임이 모두 균형과 불균형의 전환 상태에 있다고 주장했다. 무용은 사소한 움직임으로도 발생하는 불균형을 균형으로 전환시키려는 시도이다.

37 Charles Weidman, 미국 남성 현대무용가, 미국 현대무용 2세대 대표 주자 중 한 사람.

38 Martha Graham(1894~1991). 미국의 대표적인 여성 현대무용가. '수축과 이완'을 중요한 무용 원리로 도입하고, 무용수는 '감정 표현의 도구'가 아니라, '움직임의 도구'가 되어야 한다고 주장했다. 마사 그레이엄의 무용을 일컬어 흔히 '신화의 창조'라고 한다. 신화의 재창조에서부터 개인의 신화 창조까지 다채로운 스펙트럼을 가지고 있다. 20세기의 가장 독창적인 무용가로 평가받고 있다.

39 Mary Wigman(1886~1973). 독일 여성 현대무용가. 유럽 현대무용 창시자로 여겨진다. 신기하고 이름고 신비힌 이미기 창조, '무용은 시체의 움직임을 통해 혼(魂)을 표현하는 예술이다'라는 무용에 대한 정의가 유명하다.

40 Oscar Schlemmer(1888~1943). 독일의 무용 창작가, 화가, 조각가, 극이론가. '추상 무용' 창시. 그에 따르면, '추상'은 사물의 다양한 면모들을 단순화하는 것. 기계화와 물질화의 불안을 희극적인 유머로 상쇄시키려 했고, 합리성과 비합리성, 감성과 이성, 현실과 이상 등을 조화시켜 모순과 부조리까지 유희 안에 통합시키고자 했다. 무대에 가면과 생명 없는 인물을 등장시켜 동작 역학, 공간 개념, 소품, 시각예술과의 관계를 탐색했다.

호들과 알파벳과의 관계를 끊는 것을 목적으로 하기는 하지만, 그럼에도 불구하고 목적과 정해진 강제 요건들 주위에서 조직된다. 틀이 필요하다. 그것이 없으면, 자유는 기존의 도식으로 도로 돌아간다. 나의 첫 번째 시도들은 신경질적인 몸짓으로 변한다. 그러나 나는 이 약간 미친 듯한 팬터마임으로부터 새롭고 교훈적인 감각들을 끌어낸다. 때로, 새로운 언어가 솟아오르기도 한다.

하나의 새로운 발견이 그 무렵의 나의 특성을 형성한다. 나는 브뤼셀 영화 박물관과 그 상당한 전시물, 무성영화의 인상적인 컬렉션을 발견했던 것이다. 최근에 독일 표현주의 무용을 발견하고 영향을 받았던 나는, 프리츠 랑[41]과 프리드리히 빌헬름 무르나우 [42]Friedrich Wilhelm Murnau의 영화에 관심을 가졌다. 환각적 관점을 보여주는 그 영화들의 배경과 배우들의 과장된 연기, 그리고 세계를 대면하는 나의 공포의 반영처럼 느껴지는 분장도 흥미로웠다. 나는 뛰어난 안무가들을 보여주는 미국 무성 영화들에도 열광했다. 언제나 혼돈 한가운데에, 날뛰는 원소들의 중심에 있는 버스터 키튼. 귀족적인 우아함을 가진 부랑자 채플린. 발은 바깥으로 돌려져 있고, 취해서 몸은 휘어져 있다. 그는 언제나 몸을 사리고 뒤쪽이나 대각선 방향으로 도망칠 궁리를 하며, 권투 시합을 멋진 왈츠로 바꾸어 버리고, 공장에서의 반복 작업을 새로운 포르 드

---

41 Fritz Lang(1890~1976). 독일의 표현주의 영화감독. 〈사멸(死滅)의 골짜기〉, 〈마부제 박사〉, 〈메트로폴리스〉 등의 작품 발표. 신비하고 환상적인 분위기의 인상적인 작품들로 유명하다. 나치를 피해 미국에 이주한 후에는 사회 비판적인 작품들을 제작했다.

42 Friedrich Wilhelm Murnau(1889~1931). 독일 영화감독. 〈흡혈귀 노스페라투〉, 〈마지막 사람〉, 〈타르튀프〉, 〈파우스트〉, 〈선라이즈〉 등의 작품. 헐리우드에 초청되어 만든 〈선라이즈〉는 리드미컬한 영상미로 무성영화 최고의 걸작으로 꼽힌다.

브라[43]로 만들어 버린다. 영화 박물관에서, 무성영화는 스크린 발치에 자리 잡은 피아니스트의 반주와 함께 상연된다. 피아니스트는 혼자서 배우들의 움직임을 설명해 준다. 그의 음악은 배우들을 이야기의 결말로 이끌어가고, 그들의 신발창 아래로 미끄러져 들어가고, 배우들에게 위험을 알려주고, 넘어지는 그들에게 넘어진다는 느낌을 준다. 어두움 속에 숨어 있는 그는, 배우를 업고 간다. 배우는 그 대신 피아니스트에게 조물주의 아우라를 부여한다.

---

43 port de bras 포르 드 브라. 고전 발레에서 무용수의 전반적인 팔 동작과 팔 동작의 질을 높이기 위해 고안된 팔의 움직임.

11 bis

우리는 계속 밀려오는 파도에 의해 활짝 피어나고 있다. 달을 모방한 순환주기의 첫날들 동안에, 우리의 신비한 멤버—무엇의 멤버인지 우리는 알지 못한다—를 기다리면서 우리는 성장을 준비했다. 그 멤버는 그 격정과 결단력으로 정평이 나 있었다. 만일 그 신비한 손님이 14일과 15일 사이에 나타나지 않으면, 우리는 네째 주말에 새로운 사이클을 준비하기 위해 줄어들었다. 이 우리 안으로의 가벼운 움츠러들기는 몸의 전체적인 발열 상태와 일치했고, 그 때문에 여주인은 끔찍한 기분 상태에 놓이게 된다. 우리는 보다 즐거운 날들을 기다리며 몸을 낮춘다.

육체적 교류의 전조가 벽장 어두움 속에서 나타났기 때문에, 우리가 서둘러야 하는 것은 한 가지밖에 없었다. 다른 벽장에 들어가서, 다른 손들을, 다른 입들을, 향기 나는 다른 머리카락들을, 속눈썹이 나비처럼 파드득대는 다른 나른한 눈길들을 만나는 것. 우리는 쇄골과 네 번째 갈비뼈 사이에 있는 매혹당하고 매혹시키는 살이다. 앞으로는 우리의 생각을 고려해야 할 것이다. 우리는 단 하나의 똑같은 열정적 도약으로, 둥근 곡선과 귀, 머리카락 끝, 손가락 끝, 혓바닥 끝, 피부 구멍들, 척수, 팔꿈치, 손목, 발목, 복사뼈, 발꿈치, 손목관절, 장골, 심장근육, 피, 클리토리스, 난소, 나팔관의 협조를 받아, 남자를 정복하러 떠나기만을 원했다.

주인이 우리의 말을 들은 걸까? 우리는 더욱 자주 외출했다. 우리는 자벨 워터[44]로 닦은 브뤼셀 술집, 발효된 이스트, 각기 다른 과일 냄새를 풍기는 지방 특산주, 뒤섞인 육체들, 여러 종류의 발한 과다증, 귀지들, 효소들, 여드름이 풍기는 날 내 나는 냄새를 좋아했다.

그리고 우리는 게리 그랜트, 그레고리 펙, 시드니 포이티어, 헨리 폰다, 피터 오툴, 제라르 필립, 장-루이 트랭티냥, 장-피에르 레오, 장-클로드 브리알리, 마르첼로 마스트로얀니, 비토리오 가스만, 우고 토그나찌, 레나토 살바토리, 그리고 그들의 거대한 입들과 너무나 흰 이빨들과 커다란 눈들과 사랑에 빠졌다. 그것들은 우리를 영화 박물관의 어둠 속으로 불러들였다. 우리는 이 남자들이 냄새도 혈색도 없는 빛의 연인들일 뿐이며, 영화 상영이 끝날 때마다 들어오는 창백한 실내등 불빛이 우리의 환상을 무한히 광대한 현실의

---

44 우리나라 락스 같은 액체 염소.

흐름 안에 빠뜨려 버린다는 사실을 아쉬워했다.

12

나는 세계가 하나로 이어져 있지 않다는 것, 모든 질문들이 반드시 하나의 대답만을 기대하지 않는다는 것, 의심이 허용되며, 수련 과정은 여러 개라는 것을 이해하기 시작한다. 나는 미래는 온전히 설계되지 않았고, 앞으로도 그렇지 않을 것이며, 마지막 숨을 내쉴 때까지 나는 내가 따라가야 할 방향에 대해 나 자신에게 질문을 던질 것이라는 것, 그것이 바로 존재한다는 일의 흥미로운 점이라는 것을 알아차린다.

나는 부모님께 리버풀에 있는 그레이엄 여름 무용 학교 수업을 들으러 떠날 수 있게 해달라고 부탁한다. 여름 무용 학교가 파트너 스와핑을 부추기거나, 위장된 포르노 필름 스튜디오가 아니라는 것을 부모님께 설명해 드리기만 하면 된다. 나는 오랜 여행을 준비한다. 위대한 마사 그레이엄에 대해 알려주는 모든 책을 삼키듯 읽는다. 그녀의 예술, 그녀의 사유, 미학, 여성성에 대한 정치적, 사회적, 에로틱한 관점. 그레이엄에게, 움직임은 충동과 욕망의 근거지인 골반에서 출발한다. 그러나 그것을 부모님에게 꼭 말해야 할 필요는 없다. 움직임의 법칙에 대한 그녀의 분석은 전부 여성 육체를 중심으로 이루어진다. 그녀가 엄밀한 의미에서의 젖가슴에 관심을 가지고 있었을까? 거기에 대해서 나는 알지 못한다. 젖가슴에 대해서는 아무것도 찾아내지 못했다.

영국 버스의 냄새, 섬유질이 풍부한 나의 첫 번째 완전 시리얼 그릇, 영국인들의 창백한 얼굴, 약간 퀴퀴한 안개 냄새, 우리가 춤을 추던, 육체적 교육 방식의 냄새가 나는 거대한 홀들, 그룹 안에서 머뭇거리며 여자친구들을 사귀려 했던 나의 시도들, 대학 캠퍼스 안에 있는 우리의 작은 방들, 우리가 구성한 즐거운 팀이 기억난다. 그 팀은 모델과 스테레오 타입에서, 토마토 쪽 찐 머리를 한 허약한 소녀들로부터 멀리 떨어져 있는, 코스모폴리탄적이고, 다언어적이며, 여러 가지 재능을 가진 구성원들로 이루어진 집단이었다. 반항적인 소녀들, 양성 인간적인 소녀들, 넓은 골반, 툭 튀어나온 엉덩이를 가진 온갖 종류의 육체들, 호텐토트족 비너스 한 명, 아주 즐거운 말라깽이 소녀 하나가 기억난다. 이 시기에, 나는 아직 육체의 형태가 인간을 고깃덩어리처럼 형태와 종족과 공동체와 카스트에 따라 분류하는 사회적 강박관념을 얼마나 지독하게 반영하고 있는지 알지 못했다. 고전 발레는 백인의 것이며, 귀족적이고 날씬하다. 재즈 발레는 민중 계급의 관능적 곡선을 결합시킨 혼혈이다. 거리의 춤은 흑인이다. 그것은 젊고, 권리를 요구하며, 온통 근육으로 이루어져 있다. 현대 무용은 포매팅과 형태론적 인종 차별과 육체의 획일주의를 피하려는 경향이 있다.

리버풀에서 돌아온 나는 이제 전과 같은 사람이 아니다. 그곳에서, 그 이후로 나를 떠나지 않게 된 유목주의가 시작된 것 같다. 나는 땅이 없는 사람, 떠돌이, 보헤미안, 어릿광대, 편력자, 장돌뱅이, 찾아내어야 할 새로운 움직임을, 얻어야 할 새로운 에너지를, 발굴해야 할 새로운 춤을 찾아다니는 이주민이 되었다.

12 bis

비가 내렸다. 소년은 극장 입구에서 비를 피하고 있었다. 그는 한 손으로 트렌치코트 칼라를 잡고 있었다. 그는 우리가 지나가는 것을 보았고, 그리고는 눈을 떼지 못했다. 그는 다운타운의 젖은 길 위로 우리를 따라왔다. 구겨진 공책 외에는 소나기를 피할 수 있게 해주는 것은 아무것도 없었다. 그의 외투 자락이 두 개의 돛처럼 펄럭였다. 그는 우리가 카페 안으로 들어가기를 기다렸다가 자기도 따라 들어와서는 양해도 구하지 않고 덜커덕 우리 테이블에 앉았다. 머리카락에서 물이 뚝뚝 떨어졌고, 코끝에는 거대한 물방울이 달려 있었다. 그의 머리카락이 불빛을 받아 번쩍였다. 물이 머리카락 끝에서 흘러내려 곧장 테이블 위로 떨어졌다. 오래 그러고 있을 수 없다고 생각했는지, 그가 불쑥 말했다.

―저는 당신을 사랑합니다. 비에 젖었지만, 그래도 당신은 아름답습니다.

그는 손수건으로 얼굴을 닦은 다음, 주머니에 집어넣었다. 그는 무엇을 마시겠느냐고 우리에게 물어보더니 비시 생퇴르 생수 두 병을 시켰다.

―저는 올리비에라고 합니다.

―반갑습니다. 저는 바르브린입니다.

―진심입니다. 바르브린. 당신을 보았을 때부터 당신을 사랑했습니다.

―아, 그러시군요. 그 말을 믿어요. 당신이 나를 본 것은 겨우 2분 전이니까요. 그런데 얼마 동안 나를 사랑하셨나요?

그는 불만스러운 표정으로 비시 생퇴르를 마셨다. 여주인도 이 생수를 처음 마셔보는 것이다. 이 물은 어디 아픈 사람이 마시는 물이지, 건강한 사람들을 위한 물은 아니다. 그의 눈은 주기적으로 우리를 바라보고는, 혼란스러운 표정으로 얼굴을 향해 올라갔다.

―바르브린, 몇 살이세요?

―열여섯 살이에요.

―아, 그렇군요. 당신은 저를 난감한 상황에 몰아넣으시는군요. 미성년자 약취, 이거 심각한 문제거든요.

우리 주인은 비쉬를 다시 뱉어버리고, 멍한 미소를 지었다. 그녀의 입술 위에서 물방울 몇 개가 꺼졌다. 다른 방울들은 날아올라 가면서 터졌다. 우리는 즉시 사랑에 빠졌다. 소년이나 소년의 모습, 또는 그의 피부에 있는 점이나 목소리, 우아한 상체, 섬세한 손목, 긴 손가락, 하얀 손톱, 입술의 속살, 분홍색 혓바닥과 입천 장, 또는 이마에 나타나는 감정 표현, 두터운 눈썹 때문이 아니었 다. 우리는 그가 아무 조건 없이 우리에게 보여주는 사랑 때문에 그에게 반했다. 그의 사랑은 그 자체로 사랑스러웠다. 그는 우리 에게 충분한 사람이었다.

올리비에는 우리에게 세심한 주의를 기울였다. 공원에서 날아 다니는 꽃잎들, 둥지에서 빠져나온 새들의 깃털처럼. 여주인이 준 비가 되었다고 느꼈을 때, 그는 우리를 자기 다락방의 어스름한 빛 속으로 끌어들였다. 완전 독립의 12 평방미터. 바닥에 놓인 매 트리스, 여기저기 흩어져 있는 책들, 녹은 컵 양초들, 그게 전부였 다. 그는 선 채로 껍질 아래 있는 우리를 찾아내더니, 우리에게 아 첨하고, 몰아치고, 물어뜯고, 빨고, 평소에는 도달할 수 없는 감각 의 극단을 일깨웠다. 그는 몸 전체를 뒤흔들어 놓은 흐름 하나가 태어나게 했다. 그 흐름은 깊은 곳에서 여러 갈래로 갈라졌다. 그 는 우리가 악마처럼 즐기게 만들었다. 그리고는 잠이 들었다. 우 리는 경험을 통해서, 행복이 나타나는 순간에는 절대로 그것이 화 나게 만들어서는 안 된다는 것을 알고 있었다. 환희의 순간은 짧 으며, 그 순간들이 극단적 폭력이나 또는 헤아릴 수 없는 권태의 다른 순간들을 예고할 수 있다는 것도.

13

　나는 두 가지를 좋아한다. 새벽에 일어나는 것과 저녁때까지 춤추는 것. 그러나 올리비에는 나를 침대에 붙들어 두려고 온갖 전략을 다 사용했다. 내가 그를 떠날 때면, 화를 내기도 하고, 내가 몇시에 자기를 만나러 오는지 알기 위해서 끊임없이 부모님 집에 전화를 걸어댔다. 내 뇌는, 우리의 비밀스러운 안무 이후에 여러 날 동안 다리가 휘청거린다든가, 몸이 혼란스러워하고 있다는 사실은 염두에 두지 않더라도 그 때문에 혼란스러워하고 있다. 육체적인 사랑은 나를 땅 가까이로 끌어내리고, 소중한 에너지를 동원하게 만들어 춤추는 데 그 에너지를 사용할 수 없게 만든다.

　올리비에는 프랑스인이다. 그는 연극을 공부하고 있고, 5개 국어를 한다. 브뤼셀에 1년 동안 체류하는 동안, 그는 중요한 친구들을 많이 사귀었다. 그처럼 칸토르[45], 아르토[46], 스타니슬랍스키[47]와 그로토프스키[48]를 읽은 예술가들이었다. 연극에 대해 입을 열면 끝도 없이 말을 쏟아냈다. 그는 2000년에 걸쳐 지켜져 온 낡은 규칙들을 자세히 검토하고, 팬터마임, 서커스, 무용, 움직임, 노래, 조형예술, 건축 등 여러 형태의 구획을 허물고, 기법과 장르들을 혼합하고 싶어 한다… 그의 말을 듣는 것은 지루하지 않다. 그는 프레데릭이라는 친구에 대해 많은 이야기를 한다. 프레데릭은 특별한 젊은이인데, 움직이는 사물들의 연극을 창조해 냈고, 무대 위에 배우들과 관절이 움직이는 마네킹들을 동시에 출연시켰다. 프레데릭은 도시의 서민구역에 있는 옛날 사탕공장을 사용할 수 있는 허가를 얻었다. 나는 육체의 연극, 춤의 연극, 움직임의 연극을 한꺼번에 발견하게 되었다.

---

45 Tadeusz Kantor(1915~1990). 폴란드의 화가, 판화가, 무대 장치가, 전위 예술의 중심 인물. 2차 세계대전 중에는 지하연극에서 활동했고 1956년 전쟁 전의 좌파극장 계승을 위해 크리코 2 극장 창설. 회화는 초현실주의 기법에서 추상주의로 진행하는 부단한 추구를 보임.

46 Antonin Artaud(1896-1948). 프랑스의 극작가·시인·배우. 1920년부터 초현실주의 운동에 참가. 정신질환으로 고통받으면서도 창작에 매진했다. 『연극과 그 분신』(1938)에서 세계를 움직이는 것은 서로 투쟁하는 힘이라는 전제에 근거한 '잔혹극' 이론 전개. 이 이론은 훗날의 전위극에 큰 영향을 주었고, 근래에는 언어와 예술 전반에 영향력을 끼친 것으로 높이 평가된다.

47 Konstantin Stanislavskii(1863~1938). 러시아 연출가·배우·연극이론가. 유복한 집안에서 태어나 어린 시절부터 가족으로 구성된 가족극단에서 연출 연습. 후에 톨스토이와 도스토예프스키의 작품의 각색과 연출로 실력을 인정받았다. 틀에 박힌 잘푸를 배격하고 '인간애 넘치는 새로운 연출 기법 창소. 무대를 시적 상징으로까지 승격시킨 '스타니슬랍스키 시스템'으로 유명하다. 사회주의 리얼리즘의 최고봉으로 꼽힌다.

48 Jerzy Grotowski(1933~1999). 폴란드의 실험연극 연출가. 연극에서 필요 이상의 분장, 소도구, 조명 장치 등을 없애고, 관객의 수도 40~100명으로 제한. 지각에 호소하는 연극을 창조하여, 관객으로 하여금 연극을 통해 삶을 배우고, 삶에 대처하는 방식을 몸으로 나타내는 존재로서 가능성을 추구할 수 있게 해야 한다고 주장했다. 그렇게 함으로써 관객은 무대와의 대결을 통하여 자신을 분석하고 인식할 수 있다는 것. 현대 연극 연출에 큰 영향을 끼쳤다.

―나는 모든 걸 땅바닥에 던지고 싶은 거야.

올리비에는 나를 그의 침대로 밀어붙이면서도 그의 설명을 계속한다. 나는 흔들리고, 그리고 나를 그에게 맡긴다.

나는 그의 눈을 통해서 브뤼셀을 다시 방문한다. 변화의 복판에 있는, 재능 있는 사람들이 가득 차 있는, 많은 유파들이 시작되고 있는, 모든 지식과 모든 규범들이 혼합되고 있는 브뤼셀. 춤추는 것을 직업으로 삼겠다는 야심을 품어도 미친 여자 취급을 당하지 않는 브뤼셀. 그러므로 내 꿈은 완전히 황당하지는 않은 것이다. 나도 어느 날인가 나 자신의 알파벳을 만들어낼 것이다. 그러나 올리비에와는 달리, 나는 나의 알파벳이 어떤 것이 될지 전혀 모른다. 몇 달 전까지만 해도 나는 브레히트[49]가 세제 이름인 줄 알았다.

올리비에는 내가 그에게 말할 때 내 말을 듣지 않는다. 그는 온통 자신에게만 집중하는 습관을 가지고 있다. 내가 말할 차례가 되면, 엉뚱한 짓을 하거나, 횡설수설한다. 그는 내 안에 의심과 기대감을 심어놓기를 좋아한다. 그는 자기 마음대로 할 수 있는 여자만 사랑하는 유형의 남자이다. 그는 나의 약점을 찾는다. 그런데, 그는 머리가 좋은 사람이기 때문에, 금방 그것을 찾아낸다. 어느 날 저녁, 그의 집에 들어갔을 때, 그는 평소와 달리 매우 흥분한 태도로 내 옷을 벗기더니 내 젖가슴을 똑바로 바라보며 말한다 :

---

49 Berthold Friedrich Brecht(1898~1956). 독일의 극작가·시인·무대연출가. 뮌헨 대학에서 의학을 전공하여 1차 세계대전 중에는 병원에서 근무. 그러나 이후 연극평론과 창작으로 선회. 희곡창작 분야에서 큰 반향을 불러일으켰다. 초기에는 아나키스트적이었으나 1920년대 후반부터 좌파적 성향을 보이기 시작. 나치의 권력 장악 이후 여러 나라를 전전하며 매서운 나치 비판 작품들 창작. 〈낯설게하기〉 효과를 연극에 도입하여 연극의 예술적 완결성을 파괴하고, 생의 리얼한 요소를 노출시켜 관객을 무대 깊숙이 끌어들임으로써 각성시키는 효과를 만들어내는 참신한 기법을 창안하기도 했다.

—네 가슴은 너무 완벽해서 너는 리도에서 춤을 출 수도 있을 거야.

그의 말은 나를 산산이 부숴 버린다. 리도라니. 아방가르드 연극 공연장도 있잖아, 안 그래? 그로토프키 씨? 나는 있는 힘을 다해서 나의 실망감을 숨기려고 애쓴다. 내가 아무 말도 하지 않고 있자, 그는 억지로 멍청한 웃음을 터뜨린다.

—아이구, 왜 그래? 기분 나빴어? 리도 안 좋아해? 거기 여자들 끝내주잖아.

그가 내 손목을 잡는다.

—자, 네 마음에 들 거라고 인정해.

나는 아무 말도 하지 않는다. 심술로 이러는 건가? 무심코? 농담으로? 낡은 환상? 어떻게 장난을 진실과 뒤섞을 수 있다는 말인가? 어쨌든, 나는 아주 젊고, 올리비에는 나의 첫 번째 감정적 실망이다. 나는 사랑의 교묘함이나 함정에 대해서는 아무것도 아는 것이 없다. 나의 부모님은 평생 같은 게딱지를 공유하는 두 마리 게처럼 사셨다. 나는 커플들이 싸우는 방식에 대해서는 전혀 알지 못한다. 올리비에는 내가 카바레에 어울린다고 진심으로 생각하는 걸까? 아니면 그 생각이 그에게 가져다준 이미지가 재미있었던 걸까? 그는 내가 되려고 하는 그 무엇이 될 능력이 나에게 없다고 판단하고 있는 걸까? 아니면 반대로 나의 결심을 시험해 보려는 걸까? 결국, 내가 나 자신에게 던져 보아야 하는 진짜 질문은 이것이다.

—올리비에, 너는 나를 사랑하는 거야? 아니면 내 가슴을 사랑하는 거야?

―아이구, 농담도 못하니? 자, 기분 풀어.

올리비에는 나를 예술적 의구심 안에 버려둔 채 그렇게 대답한다.

나는 기분을 풀지 않는다. 아니, 그건 그렇게 간단한 문제가 아니다. 나는 짐을 싼다. 아니, 짐이랄 것도 없으니 가방을 싼다. 나의 전 재산, 그 안에 아무것도 들어있지 않은 가방. 머리 집게 하나, 관절염 연고 하나, 부모님 집에 돌아간 뒤에 터져 나올 몇 리터나 되는 나의 분노를 닦아내기 위해 필요할지도 모르는 티슈 팩 하나.

이별은 깔끔하지 않았다. 우리는 여러 차례 화해했다. 그러나 짧은 이별이 이어지면서, 나는 올리비에의 나에 대한 사랑이 허약하고, 부실하고, 불안하고 불행한 것이라는 사실을 알게 된다. 그는 나를 욕망의 대상으로만 바라볼 뿐, 재능 있는 사람으로 여기고 있지 않은 것이다. 그가 나의 가슴을 바라볼 때마다, 그것들을 수첩에 그리고, 사진을 찍을 때마다, 나는 분홍색 살로 이루어진 두 개의 포장 팩으로 쪼그라드는 기분이다. 그럴 때마다 그의 뺨을 갈기고 싶다. 나는 어느 날 그가 그의 친구들과 함께 있는 테이블에서 내 가슴에 대해 말하게 될까 봐 두렵다. 또는 얼마 전에 사탕공장에 '플랜 K'라는 이름을 붙인 프레데릭과 그 이야기를 떠들까 봐 무섭다. 그건 더 끔찍한 일이다. 누군가가 당신을 계속 그 무엇인가로 축소시키고 있을 때, 그 무엇을 어떻게 제거해 버릴 수 있는가? 그렇게 하는 사람과의 관계를 끊는 것 외에? 나는 올리비에를 사랑한다. 그는 내 가슴을 사랑한다. 얘기는 끝난 것이다.

13 bis

—시니스트르?

—응, 덱스트르?

—난 무서워. 우리의 삶을 문둥이처럼 만들어버린 그 만남을 떠올려야 하는 시간이 되었어.

—뭘 기다리는데? 떠올려, 젠장, 떠올리라구.

—네 도움이 필요해. 기억이 희미해. 빠진 조각들이 있어.

우리 주인은 그녀의 오랜 친구 카티아를 통해서, 그녀들이 알고 있는 발레리나 한 명이 네덜란드 발레단에 입단하기 위해서 성형 수술을 받았다는 사실을 알게 되었다. 우리는 어떤 일이 벌어졌는지 그 당장은 전부 알지 못했다. 소녀들은 전화로 이야기를 나누었다. 형용사나 보어를 통해 우리가 상황을 알 수 있었을 자리에 곤혹스러운 침묵이 이어졌다. 그녀들은 약간은 수수께끼 같은 말을 사용했고, 대화의 내용이 부끄럽거나 금지된 일이기라도 한 듯, 문장이 자주 끊어졌다.

카티아의 집에서 모임이 이루어졌다. 붉은색 야생 베리 차에서 나는 김이 우리를 맞았다. 이야기가 주제의 중심에 이르자, 발레리나는 그녀의 가슴가리개 리본을 풀고 수술한 부위를 보여주었다. 그 흉곽 위에는 진정한 살육이 이루어져 있었다. 피부는 사방에서 봉합되어 있었다. 우리는 울부짖고 있는 선장을 상상했다. "돌격하라! 나에게서 이 기름 덩어리와 림프샘들을 제거하라! 그러나 조심하라. 내가 생명을 유지할 만큼은 남겨 두어야 한다. 나는 이 조무래기들이 누가 주인인지 알기를 원한다!" 배의 닻처럼 생긴 두 개의 상흔이 유방 곡선 아래쪽으로 길게 남아 있었다. 젖꼭지들은 그 가장 초라한 표현으로 쪼그라들어 있었다. 마치 피부에 삼켜진 것 같았다. 그 꼴이 너무 처참해서, 우리는 만일 그렇게 할 수 있었다면 울음을 터뜨렸을 것이다. 유방 제거 수술을 받은 발레리나는 의기양양했다. 우리 주인이 감탄하며 말했다.

─정말로 성공했네! 나도 하고 싶어! 부탁이야, 나에게 주소를 줘!

우리는 그녀의 말에 주목했다. 우리를 잘라낼 때까지 6개월, 일년, 어쩌면 2년이 걸릴지도 모른다. 그러나 기적이 일어나지 않는다면, 우리는 학살을 면할 수 없을 것이다.

이 만남 이후, 우리는 어느 가슴이 춤추는지 더 이상 알 수 없게 되었다. 우리는 온갖 종류의 고통스러운 장면을 상상했다. 우리는 모든 방법을 동원해서 주인과의 접촉을 시도해 보고, 그녀가 이성에 귀 기울이게 해보려고 노력했다. 우리는 우리 주인이 야만적인 절단 계획을 포기하게 만들 수 있는 단어들을 찾았다. 그녀는 우리를 폐쇄시켜 버렸다. 더 나쁜 것은 그녀가 우리를 희생양으로 삼았다는 것이다. 얼마나 쉬운 일인가. 나는 고발한다! 내 가슴들! 내 젖가슴! 나의 충격 완화 장치들을! 자신의 공포에 대해 질문을 던지는 대신, 그녀는 자신을 자신의 신체 부위들에 대한 희생자의 위치에 가져다 놓았다. 그러나 그럼에도 불구하고 우리에게 자신의 절대 권력을 행사하기를 멈추지 않았다. 그녀는 자신의 선원들에 대해 알지 못하는 배의 선장이었다. 그녀는 자신의 불충분함의 진정한 원인은 숨긴 채 자신의 거짓말을 믿기 시작했다. 진정한 원인은 실패할지도 모른다는 병적인 공포에 의해 상당 부분 유지되는 육체에 대한 막연한 의식이었다.

이상하게도, 그 끔찍한 유방 축소 수술에 대한 이야기는 더 이상 들리지 않았다. 그래서 우리의 악몽은 조금씩 사라졌다. 우리의 경계심도 수그러들었다.

14

우리는 70명의 후보자들이다. 우리는 대문자 U자를 그리는 세 개의 발레 바에 분산 배치되어 있다. 우리 앞과 뒤에는 공간이 별로 없다. 우리는 사람들이 동물보호소에 와서 골라서 데려가는 유기견과 같다. 신경질적인 놈, 겁 많은 놈, 소심한 놈, 약한 놈, 불만이 많은 놈, 화가 나 있는 놈, 그들 중 어떤 녀석이 결정적인 순간에 차별성을 보여 다른 놈들을 제치고 입양될 것인가? 활발하게 움직이는 놈? 마음을 끌어당기는 눈빛을 가진 놈? 주인들 가장 가까이 있는 놈? 아니면 반대로, 가장 멀리 떨어져 있는, 가장 고립되어 있는, 자칫하면 우리가 보지 못할 수도 있는, 마치 계시처럼 우리 눈앞에 맨 마지막에 나타나는 놈? 그놈은 더 크게 짖고 더 높이 뛰어오르는가? 우리를 특별하게 만드는 것은 정확히 무엇일까? 70명의 무리 안에서 돋보이려면 무엇을 해야 할까?

시험관은 다섯 명이었다. 무드라 학교의 선생 네 사람이 베자르를 둘러싸고 앉아 있다. 베자르 오른쪽에 있는 사람은 리듬 선생인데, 영화 박물관 피아니스트이기도 하다. 그의 이름은 쉬렌 씨다. 나머지 네 사람은 이름도 모르고 어떤 과목을 가르치는지도 모른다. 발레 바에서 몇 가지 연습을 한 뒤, 우리는 공간 안으로 흩어진다. 어쨌든, 움직일 수 있는 공간 안으로. 그룹으로 오디션을 보는 것은 처음이다. 나는 빠르게 홀 가장 구석에 있는 몸들 사이에 빠져 버린다. 그때부터는 내 앞에 있는 후보자들을 믿는 수밖에 없다. 시험관들이 몇 가지 도약과 팔의 자세를 해보라고 요구한다. 그리고는 각자 간단하게 자기소개를 해보라고 한다. "안녕하세요, 저는 트뤼크뮈흐라고 합니다. 저는 이런저런 사람이 되려고 합니다." 어떤 후보자는 노래를 부르기도 하고, 글을 낭송하기도 한다. 홀의 음향 효과, 높은 천장, 많은 후보자들, 모든 것이 큰 목소리를 요구한다. 나는 내 성대를 시험해 보고, 목소리를 돋우고 싶다. 목소리가 사라진 것이 분명하다는 생각이 든다. 내 차례가 왔을 때, 여성 시험관 한 사람의 목소리가 나를 도우러 날아온다. 그녀가 친절하게 말한다.

—애야, 네 챠크라를 열어야 해. 네 목소리가 안 들린다.

제기랄, 챠크라라는 게 어디 있는 기야? 그건 어떻게 여는 거야? 내가 혼란스러워하는 걸 눈치챈 그녀가 덧붙여 말했다.

—목소리를 내. 네가 뱃속에 가지고 있는 걸 우리에게 말해 주

렴. 왜 무드라에 들어오고 싶은 거니?

　—저는···· 제가···· 바르브린 블랭···· 저는 되고 싶어요····

　나는 심호흡을 한다. 그리고는 아무 말도 하지 않고 시험관들을 뚫어져라 바라본다. 절대로 시험관들을 뚫어져라 바라보아서는 안 된다. 쉬렌 씨는 안절부절하지 못하고 있다. 베자르는 벌써 다른 곳을 보고 있다.

　누군가가 말한다.

　—아가씨들, 여러분은 지금 수녀원에 있는 게 아네요. 여러분은 무드라에 있다고요!

　70명의 후보자들이 웃음을 터뜨렸다.

　—고맙다.

　낭독법 선생이 결론을 내렸다. 나에게 기회를 주려고 했던 그 여선생이었다.

　무드라에서의 나의 공부는 그렇게 끝났다. '고맙다'라는 말의 무한히 은밀한 폭력성 안에서.

14 bis

심장은 몇 초 동안 뛰지 않았다. 목은 고통의 신음을 뱉어냈다. 이빨은 피가 날 때까지 주먹을 물어뜯었다. 다리들은 탈의실 안으로 달려가 숨었다. 우리는 한없는 슬픔에 잠겼고, 엄청난 육체적 피곤을 느꼈다, 우리가 알고 있었던 다른 기관들도 마찬가지였다. 우리는 집으로 돌아가 자리에 누웠다. 햇빛이 환하게 비치는, 너무 덥지도 너무 건조하지도 않은 5월의 어느 날이었다.

주인은 오후 끝 무렵에 우리를 침대에서 끌어냈다. 집에 아무도 없었으므로, 우리는 한 시간 정도 더 늑장을 부릴 수도 있었을 것이다. 그러나 주인에게는 다른 계획이 있었다. 그녀는 앞으로 하려고 하는 몸짓을 머릿속에서 몇 번이나 되풀이해 보았다. 그녀는 움직이지 않는 하늘 아래에서 식료품점까지 가더니, 라벤더 향이 나는 목욕용 소금과 블루베리 잼 한 통, 그리고 면도날들을 샀다 ―그녀의 아버지가 사용하는 상표다.

식료품점 여주인이 물었다.

―우리 꼬마 생쥐는 어떻게 지내니?

그녀에게 바르브린은 여전히 어린아이였다.

―베자르 씨에게 내 우정을 전해 주렴…

그렇게 말하고 나서 그녀는 다음 손님에게 주의를 돌렸다.

우리 주인은 잼을 부엌 찬장에 집어넣었다. 그리고 난 다음, 목욕물을 받았다. 그녀는 물속에 향기 나는 소금을 집어넣고, 비누 접시 안에 면도날들을 놓았다. 그리고는 방울들이 물 표면에서 두터운 거품을 이룰 때까지 잠깐 기다렸다. 그녀는 욕조 안으로 들어갔다. 우리는 거품이 우리 피부 위에서 타닥타닥 소리를 내며, 따뜻한 물속에서 터지는 것을 느꼈다. 그녀는 면도날 하나를 잡더니, 그녀와 그녀의 어두운 계획 사이에 어떤 생각도 끼어들 틈도 주지 않고, 왼쪽 손목의 살을 직선으로 갈랐다. 손목과 팔이 만나는 지점에서 5센티미터 떨어져 있는 곳이었다.

우리는 우리의 삶이 전속력으로 달려가는 것을 보았다. 출생, 빛, 쓰다듬는 손길들, 새들의 노래, 모기들과 파도, 바람, 비, 소나기, 쇼팽의 야상곡, 탈의실에서 나는 냄새, 연습, 팝송, 작은 검정 드레스, 벽장들, 손들, 입술들, 기쁨들, 박탈, 굶주림, 수혈, 압박붕대, 소년들, 여행들, 브래지어, 잘려나간 가슴들… 언제나 분홍빛인 삶은 아니었지만, 우리는 서사시가 끝난다는 생각에 공포에 사로잡혔다.

그녀의 아버지가 집에 돌아왔을 때, 물 표면에 거품은 더 이상 남아 있지 않았다. 왼쪽 팔은 욕조 가장자리에 걸쳐져 있었다. 아버지의 두 눈은 팔 앞쪽의 살 위에 고정되었다. 손의 움직임에 명령을 내리는 힘줄 하나가 보였다. 핏줄기 하나가 욕조 밖으로 흘러내려 바닥에 피 웅덩이를 하나 만들어 놓았다. 아버지는 급한 움직임을 피하면서 조심스럽게 몸을 기울였다. 급히 봉합 수술을 받아야 했다. 힘줄은 훼손되지 않았으나, 우리는 피를 많이 흘렸다.

—엄마에게는 네가 고기를 썰다가 베었다고 말하자.

그것이 아버지가 한 말 전부였다.

그리고 난 다음, 우리는 병원으로 실려 갔고, 눈물의 격류에 흔들렸다.

15

무드라 학교 오디션에 실패하고 목숨을 가까스로 건졌던 그 중
요한 해를 다시 생각해 보면, 나는 내가 부모님을 얼마나 괴롭혔
는지 알게 된다. 돌이켜보면, 세상을 떠날 생각을 한 나를 발견하
셨을 때 아버지가 느끼신 놀라움을 이해할 수 있다. 병원에 도착
하셨을 때, 정말로 다친 사람들과 중환자들 사이에서 울고 있는
나를 보고 아버지가 느끼셨을 슬픔도 이해된다. 나는 보라색 다
크서클에 둘러싸여 있던 아버지의 두 눈, 내 손목 주위에 감겨 있
던 붕대, 그리고 말없이 집으로 돌아왔던 일을 기억한다. 아버지
의 황당한 설명을 무화시켜 버린 어머니의 단호한 말도. 고기 써
는 칼에 다쳤다구요? 그랬다 칩시다. 애가 뭘 먹었길래요? 멧돼지

라도 먹었답니까?

　나에게 수면제 두 알을 먹여 침대에 눕히신 다음, 나를 어떻게 하면 좋을지 얘기를 나누셨을 때, 두 분이 느끼셨을 아픔에 대해서도 생각해 본다. 두 분은 같은 결론을 내리셨다. 나를 위해서 좀 더 나은 병원을 찾아보기로 하신 것이다. 나는 두 분이 좋은 결정을 내리신 것인지 의심하는 순간 얼마나 고통스러우셨을지 짐작할 수 있다. 늘 그랬듯이, 나를 병원에 데려갔던 사건들은 있는 그대로의 나 자신을 받아들이지 못하는 나의 무능력이 갑자기 드러남으로써 생긴 일들이다. 나는 영양실조에 걸렸고, 압박붕대로 가슴을 졸라맸고, 그리고는 손목을 그었다. 이 모든 것은 내 취향에 맞지 않는 가슴 때문에 일어난 일이다. 심리학자들을 만났지만, 병원의 강권에 따른 것이었을 뿐이다. 아버지는 심리학자들을 신뢰하지 않으신다. 어머니는 그녀의 커플을 국경 검문소만큼이나 확실하게 떼어 놓은 가슴과 복부의 두 겹의 지방질 댐 때문에 불편을 겪으며 살아오셨다. 어머니가 무거운 가슴 때문에 겪는 문제를 나에게 넘겨준 책임이 자신에게 있다고 느끼시고, 나의 불행을 제삼자에게 전가하느니, 자신이 짊어지는 편을 택하셨다는 건 거의 분명하다.

15 bis

그리고 우리는 스웨덴에서 수입된 새 차의 나지막한 웅웅대는 소리를 들으며 도살장으로 실려 갔다. 우리는 두 명의 멍청이들처럼 계속해서 말했다. "이건 말도 안 돼. 우리 주인은 그것을 하지 않을 거야." 그 시간 동안에, 가장 고약한 유형의 인간 하나가 아무 벌도 받지 않고 수술실의 단절된 공간 안에서 수술 준비를 하고 있었다. 그는 그를 줄곧 "선생님", "박사님", "교수님"이라고 부르며 섬기는 직원 전체의 존경을 즐기며, 자기 팀과 함께 단단히 버티고 서서 우리를 기다리고 있었다. 생각해 보자. 수백만 프랑짜리 사업이다. 수천 개의 가슴이 그의 명에 따라 축소된다. 수만 개의 유방 비대증을 보이는 젖가슴이 빛나는 인공적 개입에 의해 줄어드는 것이다. 어느 사이즈부터, 어떤 기준에 따라 지나치게 크다고 여겨지는 걸까? 우리의 동의는 우리 주인의 동의만큼 값어치가 없는가? 의학은 어디에서 멈추어 설까? 신체 기관을 제멋대로 할 수 있는 권리는 어디에서 시작된 것인가? 우리는 우리의 사형 집행인이 어느 날 국제 젖가슴 재판 법정에서 유죄 판결을 받게 되기를 바랐다.

우리는 수술 팀과 접촉해서 아무도 우리의 의견을 물어보지 않았으며, 우리는 누군가 우리에게 개입해도 좋다는 어떤 권리 포기 각서에도 서명한 바 없다는 이야기를 하고 싶었다. 우리는 우리에게 행동할 수 있는 시간이 별로 없다는 것을 알고 있었지만, 그래도 어떤 기적이 일어나기를 기다렸다. 계단에서 굴러떨어진다든가, 머리나 엉덩이가 깨진다든가, 심장이 벌떡댄다든가, 설사, 출혈, 강력한 습진, 안면 마비 같은 증상이 나타나 수술 팀이 어쩔 수 없이 우리 주인을 다른 병동으로 옮겨야 하는 일이 생기기를 바랐다.

우리는 그들의 장갑을, 칼을, 헤집는 핀셋을, 다이아몬드가 물려 있는 납작한 마이크로 핀셋, 봉합용 가위, 무균 붕대감기를 두려워했다. 끊임없이 정보를 찾아다니는 육체 안에서 특별히 섬세한 우리의 감각을 잃게 된다는 사실에 공포를 느꼈다. 우리는 결정적인 죽음보다도 감각 둔화가 더 무서웠다. 우리는 젖가슴, 유방이다. 느낀다는 것은 우리의 생명 전부다.

16

내 상체는 여러 개의 가늘고 분명한 봉합선들로 덮여 있다. 그
것은 콤팩트하고 균질적인 기하학적 전체를 이루고 있다. 살은 길
들여지고, 통제되고, 지배당했다. 어떤 재봉사 한 사람이 보다 일
관성 있는 새로운 나의 주인을 바로 내 피부 위에 그려놓은 것 같
다. 최소한의 살 아래 숨겨져 있는 나의 흉골과 갈비뼈가 다시 나
타났다. 이 지방질의 절약 안에는 고결함이 있다. 그건 분명하다.
그건 깨끗하다. 이것은 내가 원했던 바로 그것이다. 나는 솜에 요
오드 성분이 들어 있는 소독약을 적셔서 소독하고, 소독하고, 소
독한다.

실을 제거할 때, 외과의사는 아주 만족한 표정이다. 그는 "완벽

해!", "10점에 10점 만점이야"라고 말하면서, 그의 마음을 드러낸다. 우리는 의견의 일치를 보았다. 그의 진단은 그의 동료 한 사람의 인정으로 더욱 확실해진다. 때로 후회하는 환자들이 있다. 수술이 끝난 뒤, 그녀들이 잘못된 선택을 했으며, 문제는 넓적다리나 옆구리 또는 엉덩이에 있다는 것을 알게 되는 경우다. 나는 그런 여자들 중 하나가 아니다. 나는 나의 변모에 지극히 만족하고 있다. 나는 내가 훨씬 나아졌다고 느낀다. 나는 다른 생각을 하는 것을 나 자신에게 금지시키고, 의심들을 콘크리트 안에 흘려 넣고, 확신이 정말로 견고해질 때까지 단단하게 굳힌다.

나는 새벽의 향기로운 공기 안으로 달려나간다. 하늘은 백열의 빛을 뿜어낸다. 거리는 텅 비어 있다. 아침에 배변을 하는 미묘한 운동을 위해 강아지를 데리고 나온 산책자들 몇 명만 있다. 나는 허파 가득히 숨을 내쉰다. 내 몸에서 마취제의 마지막 찌꺼기들을 몰아낸 뒤, 이 시간에는 텅 비어 있는 대로를 종종걸음으로 건넌 다음, 공원을 향해 간다. 공원은 나의 탄생을 보았고, 나의 첫걸음을 반겨 주었다. 나는 이제 고침을 받은 내 육체의 첫 번째 고요한 발걸음을 공원에 선물할 준비가 되어 있다. 나무들의 초록 안에 잠기자, 내 주위에 있는 아름다움이 나를 둘러싼다. 나뭇가지들은 나뭇잎의 무게로 휘어져 있다. 어떤 나뭇잎들은 벌써 그들의 가을의 변신을 시작했다. 송진이 줄기들을 따라 흘러내리며 울고 있다. 나는 송진과 함께 울고 싶은 마음을 다잡는다. 나의 두 눈은 깊은 하늘 속으로 아득히 멀어진다. 나의 두 발은 지구의 자전을 느낀다. 나의 고막은 나무 부스러기들의 버석댐으로 진동하고 있다. 공기는 나의 허파를 태우고 소진된다. 나는 살아 있다.
나는 가볍다. 나는 수직이다.

16 bis

우리로 하여금 고통을 이겨내도록 해준 것은 쌍둥이 형제의 존재였다. 우리는 우리를 떨어뜨려 놓고 있는 거리를 가늠해 보려고 했다. 기억이 파편적으로 돌아왔다. 그러나 퍼즐 조각이 많이 모자랐다. 우리의 살들은 그 퍼즐 안에서 시간 감각을 잃어버렸다. 먼 과거의 조각들과 더 가까운 과거의 파편들, 중요한 달콤한 순간들에 뒤섞여 버린 거친 장면들의 추출물들이 뒤섞여 있었다.

—덱스트르… 네 점이… 네 은밀한 매력… 그것이 사라져 버렸어.

시니스트르가 그 말을 했을 때, 우리가 미쳤다는 생각이 우리를 관통하고 지나갔다. 유방 착란에 걸렸다.

슬프게도, 우리가 그 점을 절제(切除)한 것은 아니다. 이런 말장난을 용서하기 바란다. 우리는 우리의 가장 좋은 것을 잃었다. 이제 우리는 사람들이 부드러운 부위를 떼어내 버린 두 개의 스테이크, 부부 싸움 뒤에 제대로 붙여지지 않은 두 개의 접시에 불과하다. 처음에 나는 시니스트르가 엉뚱한 짓을 하려는 줄 알았다. 우리 주인을 창까지 끌고 가 그녀를 허공으로 던져버리는 줄 알았다. 외과용 메스를 하나 훔쳐서 그녀의 얼굴에 웃음을 새기거나, 그녀의 배를 가르고 내장으로 목을 매달거나. 그러나 우리는 우리가 문명화된 살들이라는 사실을 기억해냈다. 극단적으로 행동하는 것은 아무런 좋은 결과도 가져오지 못한다. 그녀가 죽으면 우리도 죽을 것이므로 더욱더 그러하다. 싸움에서 이기고 싶으면, 그 전쟁을 냉정하게 치러내야 한다.

우리는 우리에게 무엇이 남아 있는지 점검해 보았다. 우리는 분노로 가득 차 있었다. 모욕당하고, 구박받고, 사기를 당하거나, 병들지 않았다면, 우리가 알고 있는 한, 어떤 여자도 가슴 때문에 생명이 위협당하는 경우는 없다. 기준과 유행은 존재한다. 그것들은 시대와 문명과 신앙에 따라 변화한다. 여기에서는 젖가슴에 중요성을 부여하고, 저기에서는 저급한 역할을 부여한다. 그러나 이 기준들은 가슴의 운명이 어떤 것이든 그 누구에게도 그것을 완수하지 못하도록 막지는 않는다. 그리고 만일 우리 주인의 육체 조건이 발레리나의 성덕에 문제가 되는 것이라면, 가슴이 아니라 골격에 관심을 기울여야 한다. 팔이 너무 길고, 어깨는 넓다. 긴팔원숭이 골격이다. 그녀는 서커스단에 지원해야 할 것이다. 다른 하나의 해결책은 그녀를 정신병원에 입원시키는 것이다, 그러나 우리로서는, 너무 늦었다.

우리는 복수의 욕망에 사로잡혀, 가미가제를 시도할 수도 있었다. 심각한 패혈증을 유발시키고, 우리의 절망을 신체 다른 부분에 퍼뜨려 그것들로 하여금 우리와 같은 운명을 겪게 하고, 자, 이얍, 전부 다 자른다, 자른다, 자른다. 넘치는 것은 모두 자른다. 절제, 감축, 축소. 우리는 회저를 일으키고, 썩고, 흉측한 꼴이 될 수도 있었을 것이다. 그러나 우리는 그런 일들은 전혀 하지 않았다. 우리는 참을성 있게 여기저기 수선하고, 깁고, 상처를 아물게 하고, 세포 하나하나, 원자 하나하나를 차례로 보강했다. 우리는 성실한 일꾼, 나무랄 데 없는 수선공, 꼼꼼한 재봉사, 모범적인 마감공이었다. 그렇게 열심히 일한 결과, 우리는 다시 우리 자신을 소유하게 되었다. 빼앗긴 조각들을 회수할 수 없었기 때문에, 우리는 다른 조각들을 짜 넣었다. 남풍이 불어오고, 나무의 꽃가루가 퍼졌다. 따뜻한 샤워가 비참하게 쪼그라들었던 우리의 젖꼭지들을 다시 솟아오르게 만들었다. 라디오에서 루이 암스트롱이 〈What a wonderful world〉를 불렀다. 시니스트르는 그 곡조를 다른 방식으로 변주해서 불렀다.

17

다른 사람들이 퀸의 〈보헤미안 랩소디〉나 엘튼 존과 키키 디의
〈Don't go Breaking my Heart〉를 질릴 때까지 듣는 동안, 나는 존
케이지의 〈First Construction in Metal〉과 〈Cheap Imitation〉을 들
었다. 나는 얼마 전에 머스 커닝엄[50]을 발견했다. 이 안무가는 수
학 원칙에 관심을 가지고 있었다. 그는 그 움직임에 번호가 매겨
진, 그리고 그다음에는 우연히 선택된 시퀀스들로부터 출발해서

50　Merce Cunningham(1919~2009). 현대무용의 전설로 추앙받는 미국 남성무용가. 마사
그레이엄 무용단의 제1무용수로 활동하다가 현대 음악가 존케이지와 함께 자신의 무용단을
결성하여 새로운 무용 세계를 열었다. 커닝엄은 무용예술과 일상생활의 구분을 벗어나
무용에 포스트모더니즘을 도입하는 데 결정적 역할을 했다. 무용에 우연성과 즉흥성을
도입하고, 음악과 미술 등 다른 장르와 적극적인 혼합을 시도하고, 전위적 색채를 강화시켰다.
비디오아티스트 백남준과 40여 년의 우정을 바탕으로 비디오작품과 TV 프로젝트 등 많은
공동작품을 발표했다. 1984년과 2004년에는 내한 공연을 했다.

안무를 구상했다. 그와 더불어, 움직임은 무엇인가를 의미하기를 멈추었다. 공간 안에 정해진 점은 없다는 아인슈타인의 이론을 받아들여, 커닝엄은 한 명의 무용수가 다른 무용수들을 희생시켜서 중심 역할을 차지하는 시각적 논리를 탈피했다. 그는 관객이 자기가 원하는 곳을 보도록 관객에게 선택권을 준다. 그는 무엇인가를 보여주려 하지 않고, 존재하는 것을 보여준다. 자기가 보고 싶은 곳을 본다. 존재하는 것을 보여준다. 얼마나 방대하고 경이로운 프로그램인가.

나는 커닝엄 즉흥무용 아틀리에에 처음으로 참석했다. 30명 정도 되는 우리는 수잔과 롭 주위에 모여 있었다. 수잔이 지시를 내렸다. 처음에는 무용수 각자가 네 개의 단순한 동작으로 이루어진 시퀀스 하나씩을 고안해 내야 했다. 그런 다음 수잔은 우리의 이름 안에 포함되어 있는 글자의 수와 같은 숫자의 걸음을 걸은 뒤, 우리가 순환적인 방식으로 하나의 시퀀스 안에 들어가게 된다고 설명했다. 질문 있는 사람?

다른 무용수의 궤도를 만나게 되면, 궤도를 수정하든지, 아니면 그와 접촉하여, 만남의 우연에 따라 두 사람의 시퀀스를 만든다. 그때까지는 모든 것이 잘 진행되었다. 그러나 롭이 북을 들고 템포를 맞추기 시작하자, 나는 의심에 사로잡혔다. 언제 시작해야 하는 거지? 스튜디오 안에 있는 문들과 창문들의 제곱근에 일치하는 숫자의 맥박이 뛴 디 음에?

우리는 공간 안으로 들어간다. 우리는 머스 커닝엄에 따르면 변화무쌍한 시간의 한복판에 들어와 있는 것이다. 그것은 알윈 니콜

라이스[51]의 잠복기에 있는 물질-생명의 유기적 변화라는 개념의 맞은편에 있는 개념이다. 이 모든 것은 이론적으로는 복잡해 보일 수 있지만, 사실은 머스 커닝엄이 우리에게 무엇을 말하고 있는지 이해하기 위해서는 거리에서 걸어가고, 계단을 올라가고, 버스를 잡기 위해 달리는 사람들을 바라보는 것으로 충분하다. 즉 최소한 의 파토스도 없이 펼쳐지는 인간 행동의 끊임없는 물결. 이야기도 주인공도 없는, 단지 최면상태일 뿐인 끊임없는 이야기. 나는 나 자신에게 말했다. "생각은 그만두고 춤을 추렴. 생각하기를 멈출 것. 멈춘다는 것에 대해 생각할 것."

---

51   Alwin Nikolais(1910-1993). 미국의 남성 현대 무용가. 무성영화 반주자로 활동하다가 인형극에도 관여했다. 그러다가 독일 현대무용가 마리 비그만의 공연을 보고 충격을 받아 무용의 길로 들어섬. 1951년 자신의 무용단을 창설한 뒤, 본격적으로 참신한 작품 발표 시작. 그의 작품은 무용수에 대한 독특한 해석에서 출발한다. 그는 인간을 우주의 중심이 아니라 하나의 작은 부분이라고 여김으로써 작품 안에서 무용수들의 전통적 역할에 문제를 제기한다. 이렇게 추상화된 작품은 내러티브로부터 벗어나고, 당연히 내러티브의 주인공이었던 무용수는 더 이상 무용의 중심이 아니라, 그것을 이루는 모든 요소들과 같은 것이 된다. 기계장치, 기괴한 의상, 가면, 조명장치들을 이용해 매우 추상적인 작품을 만들어냈다. 그는 무용을 일종의 총체극으로 만들었다. 그의 이런 실험적 시도는 무용에 입문하기 전의 독특한 예술경험과 연관되어 있다. 이러한 독특한 시도는 프랑스에서 높은 평가를 받아 프랑스 초청으로 프랑스 현대무용센터 관장을 맡기도 했다. 자신의 작품에 사용된 음악을 거의 전부 스스로 작곡했고, 의상, 무대장치까지 전부 스스로 관장해서 〈마법사〉라는 별명으로 불리기도 했다.

17 bis

때로 헤아릴 수 없는 우울이 우리를 사로잡는다. 우리는 우리의 공, 해부학적 폭탄을 폭발시켜 버릴 생각을 했다. 그것들이 이제 더 이상 엑스터시를 느낄 수 없을 것이라는 생각 때문에 우리는 절망에 빠졌다. 밤이면, 머나먼 추억이 피부에서 솟아 올라왔다. 우리는 다시 부드럽고 관능적인 두 개의 돌이 되었다. 우리는 꼬집히고, 문질러지고, 주물러지고, 모래와 먼지, 스티로폼 알갱이들, 콘페티, 양모, 지푸라기, 진흙 속에 뒹굴려졌다. 우리의 환상은 우리를 먹히고, 마셔지고, 파래질 때까지 물어뜯기고, 빨기로 인해 변형되게 하고, 거대한 혓바닥에 의해 핥아지고, 날개들의 아첨을 받고, 솜털로 간지름당하게 했다. 우리는 우리를 깨우기 위해 손바닥을, 실크를 찾았지만, 다음 순간에는 너무나 완벽한 공 모양을 하고 있던 우리의 가슴이 이제 더 이상 존재하지 않는다는 것을 천 번이나 확인했다.

18

1978년 9월에, 나는 메릴을 만났다. 키가 크고, 조용하고, 사내아이 같은 헤어스타일을 한 뉴욕 여성이다. 메릴은 밥 윌슨, 필립 글라스, 루친다 차일즈, 이본 라이너, 스티브 팩스톤, 그리고 트리샤 브라운과 함께 작업했다. 이 예술가들은 거의 10년 전부터 대서양을 건너온 이름들이다. 메릴은 움직임의 기교보다도 그 정확성에 훨씬 더 큰 중요성을 부여한다. 그녀는 정기적으로 유럽에서 생활하는데, 공연과 아틀리에 작업을 번갈아 수행하고 있다. 우리 두 사람은 만난 첫 순간부터 가까워졌다. 나는 그 이유를 알지 못한다. 어떤 연금술에 의해 그렇게 되었는지도 설명할 수 없다. 내가 가져보지 못한 다정한 언니를 그녀에게서 발견한 것이라고 생각할 수밖에 없다. 만일 나에게 언니가 있었다면, 아마도 '언니'라든가 '다정한'이라는 말이 아니라 다른 말을 사용했을 것 같다. 그러나 나는 내가 가진 것으로, 나의 고독과 나의 무지를 가지고 말하는 것이다.

메릴은 몸들을 사람으로 읽는다. 그녀는 내 몸이 어떻게 작동하는지 알도록 도와주고, 특히 간단한 연습들을 통해서 내가 내 몸을 더 잘 알 수 있도록 격려해 준다. 몇 년 뒤에, 매일 아침 일어나면서 태양에게 인사를 하는 다른 사람들처럼, 나는 메릴이 그 시절에 나에게 가르쳐 준 일련의 연습을 여전히 하고 있었다. 그 연습은 내 근육들을 일깨워 주고, 보다 수직적인 세계와 대면할 수 있도록 해주는 데 충분하다.

메릴은 나에게 맨해튼, 로우어 이스트 사이드, 그리니치 빌리지, 티슈Tisch 예술 학교, 웨스트베스Westbeth, 줄리아드 스쿨, 14번지, 두 가지 사유 방식과 춤추는 방식, 두 개의 정치적, 사회적, 예술적 비전을 나누는 상징적 경계에 대해 말해 준다. 그녀는 나에게 워싱턴 광장에 있는 저드슨 메모리얼 처치Judson Memorial Church에 대해 말해 준다. 대부분 커닝엄의 영향을 받고, 1960년대 초에 자신들의 무용 문법을 개발한 한 세대의 무용가들로부터 포스트모던 무용이 나타났다. 보다 지역적으로는 다운타운 댄스가 나타났다. 트리샤Trisha가 도시를 점령했다. 그녀는 건물들의 현관과 지붕을 줄과 마구(馬具)로 둘러쌌다. 루 리드Lou Reed가 Take a Walk on the Wild Side를 흥얼거리기 전에, 트리샤 브라운은 이미 Man Walking down the Side of a Building을 창조했다. 그리고 열두 개의 지붕과 열 개의 빌딩 블록을 위한 안무 Roof Piece가 있었다. 포스트모던 댄스의 출현 이후, 뉴욕은 실험적인 교회들을 거쳐 학교에서 극장에 이르기까지, 끝없는 춤의 성운을 만들어 내면서 전 세계의 무용가들을 끌어들였다. 티슈Tisch 예술 학교에서부터, 웨스트베스Westbeth의 세인트 마크 교회 안에 있는, 세계에서 가장 큰 예술가 공동체로 머스 커닝엄이 작업하고 있는 댄스페이스 프로젝트Danspace Project, 그리고 트리샤가 살고 있는 브로드웨이 537-541번지에 있는 '춤꾼들의 빌딩'에 이르기까지. 메릴은 우스터Wooster와 브룸Broom 코너에 있는 실험예술 실험실 키친에 대해 말해 준다. 그녀는 Dancing in the Kitchen을 창시한 신시아 헤드스트롬이 신인 예술가들의 공연을 받아들여 준다고 말했다. 브뤼셀은 나에게 고뇌와 잘 정리된 고독의 작은 덩어리들을 가진 얌전한 어린 시절의 배경으로 남아 있다. 브뤼셀은 내가 잊어버리기만을 원하는 배경 그림이다. 뉴욕에서는 아무도 나를 알아보지 못할 것이다. 나는 수업이 끝난 후, 탈의실에서 운 적도 없다. 오디션을 보기 전에 걱정이 되어 화장실에서 토한 적도 없다. 내 가슴은 처녀다. 나의 풍만하고, 무겁고, 포르노적인 가슴을 기억하고 있는 사람은 아무도 없다. 나의 과거의 유방 비대증에 대해 증언할 수 있는 사람은 아무도 없다. 맨해튼은 나의 두 번째 탄생을 위한 풍요의 땅이다. 그러나 내가 태어난 도시를 떠나게 해줄 구실을 제공해 준다는 것 외에도, 나를 더 먼 곳으로 데려다주고, 나의 습관과 학습된 몸짓들, 확실성들과 결별하도록 나를 도와줄 맨해튼의 가능성이 나를 열광시켰다. 나보다 먼저 여행했던 무용가들의 말에 따르면, 맨해튼에 발을 딛는 순간, 무엇인가가 우리를 위로 들어 올려주며, 그것을 믿게 된다고 한다.

나는 내가 망명할지도 모른다는 사실에 대해 부모님을 심리적으로 준비시켜 드렸다. 아버지는 시큰둥하게, 확신 없는 반응을 보이신다.

—맨해튼이라구? 그게 네가 원하는 거라면…

어머니는 좀 더 실제적인 질문을 던지신다. 나는 짐을 꾸리기 시작한다. 나는 지수들을 제거한다. 흔적들을 지운다. 내 삶에 와서 버섯처럼 달라붙은 수많은 사물들. 증거 제로, 지수 제로. 반드시 필요한 현재의 꾸러미 하나만 남긴다. 청바지들, 티셔츠들, 팬티들과 양말들, 아버지 파자마 한 두어 벌. 왜냐하면, 허세를 부려봐야 소용없다. 나는 마음을 안심시켜 주는 아버지의 냄새 없이는 적대적인 환경 안에서 십 분도 살아남을 수 없을 것이기 때문이다. 그리고 어머니가 얼마 전에 선물해 주신 리버티 원피스 한 벌. 이따금, 아주 조금 여자처럼 보이기 위해서.

나는 내 감정을 선택하고, 빨고, 물을 짜고, 말리고 다리미질한다. 나는 블라우스 하나를 찾아내서 자유형 수영 경기에 뛰어드는 것처럼 급히 꿰어 입는다. 단추를 채우며 가슴 부분에 이르렀을 때, 가슴 모양이 조금 바뀐 것을 알아차린다. 음험한 음모, 은밀한 곡선, 태어나는 달걀 모양, 해치려고 하는 볼록한 의도. 내 가슴이 벌써 자라나는 건가? 최근 며칠간 당기는 듯한 느낌이 들기는 했다. 나는 그저 가벼운 근육통이라고 생각했다. 젖가슴은 살짝 뾰족해졌고, 조심스럽게 튀어나오기 시작했다. 나는 그들의 끈질긴 생명력 앞에서 당황한다. 나는 그들의 때를 모르는 재성장, 전략적인 재조직, 광신적인 재생이 무섭다. 그들의 해로움을 제거하기 위한 모든 노력을 기울였으므로, 나는 그들이 1센티미터라도 더 자랐다는 생각만으로도 진이 빠졌다. 자세히 살펴볼수록, 그들은 더 커진 것처럼 보였다. 그렇다, 그들이 자라는 소리가 들린다.

나는 산부인과에 예약을 했다. 여의사는 나를 빠르게 진찰하더니 고맙게도 이런 말씀을 하사하신다.

─이해하기 힘들군요, 블랭 양, 여성들은 모두 큰 가슴을 가지기를 꿈꾸는데요.

이 문장은, 가슴에 달린 두 개의 정박 부표를 갖추고 있어야만 진실로 여자라는 것을 여성들에게 설득하려 한다. 나는 그 말을 평생 듣게 될 것이다. 그것도 주로 여성들 자신의 입으로 말이다.

18 bis

우리는 공중에서의 선회를 시작했고, 파일럿의 서투른 비행 때문에 떨었고, 비행기에서 내리느라고 분주한 거친 승객들이 치는 박수 소리에 겁을 집어먹었다. 우리는 비틀거리며 비행기에서 내렸고, 브레이크가 죽어 버린 택시를 타고 더듬더듬 말했고, 바다 공기와 비탄과 현대성이 미묘하게 뒤섞여 있는 공기에 취했고, 우레와 같은 사이렌 소리를 내며 지나가는 소방차에 놀라 펄쩍 뛰었고, 윌리엄스버그 다리에서 나는 여러 가지 냄새를 맡았고, 구세군이 호소하는 종소리에 감동했고, 핫도그와 브레첼 비스킷을 파는 수많은 푸드 트럭에서 풍겨 나오는 냄새를 즐겼고, 쓰레기통을 뒤지는 쥐들의 악취를 맡은 것 같기도 하다. 우리는 거리에서부터 하늘로 올라가는 이 도시의 믿을 수 없는 에너지에 매혹되었다.

그리고 우리는 인간의 풀장 안에서 첫 번째 수영을 했다. 우리는 온갖 종류의 샘플과 스쳐 지나갔다. 헤어무스를 잔뜩 바른 잘생긴 노인들, 바퀴가 달린 것은 무엇이든 타고 자동차 사이로 교묘하게 빠져 지나가는 무모한 젊은이들. 우리는 콩시에르주들이 지키는 건물 앞을 지나갔다. 영어로도 관리인들을 콩시에르주라고 부른다. 우리는 수많은 홈리스들을 보고 놀랐다. 홈리스들이 뉴욕의 특징은 아니다. 그러나 맨해튼에서는 가난이 덜 부끄럽게, 그리고 덜 조심스럽게 표현된다.

우리는 우리의 첫 번째 밤을 빌딩 24층에 있는 유리창에 젖꼭지를 붙인 채 보냈다. 우리는 마천루들의 높이와 위용에 끌렸고, 우리 발밑에서 우글대는 인간의 파도와 북쪽을 향해 뻗어있는 나무들의 바다에 매혹당했다. 우리는 ABC, CBS, NBC, CNN, HBO 등 텔레비전의 방송의 연도(連禱)에 홀렸다. 미국 텔레비전에 나오는 남자들은 모두 흰 이빨과 각진 턱을 가지고 있었다. 우리는 마치 줄곧 껌을 질겅질겅 씹듯이 말하는 그들의 말하기 방식을 좋아했다. 여자들은 화장을 진하게 하고 있었고, 그녀들의 겨드랑이 털은 완벽하게 면도되어 있었다.

19

나의 맨해튼 첫 번째 낙하지점은 미드타운에 있다. 그 구역은 더
럽고, 시끄럽고, 인구가 밀집되어 있는 곳이다. 그곳의 가게들은
밤낮으로 열려 있다. 내가 살고 있는 원룸은 몇 달 동안 순회공연
을 떠난 메릴의 친구 레베카의 소유다. 우리는 어쩌면 하늘에서 마
주쳤을지도 모른다. 누가 알겠는가. 그녀는 그녀의 가슴이 쪼그라
드는 것을 보면서, 그리고 나는 내 가슴이 부푸는 것을 보면서.

나는 관리인에게 가서 열쇠를 받았다. 일하기에는 너무 늙어 보
이는 남자였다. 유럽에서라면, 그는 낚시를 가거나, 친구들과 포커
게임을 했을 것이다. 그는 그를 지독히 괴롭히는 정맥류 때문에 얼
굴을 찡그리며 발을 옮겨 딛으며 바깥에서 흔들리는 대신, 작살로

송어를 잡거나, 쓰리카드를 내보였을 것이다. 내가 건물에서 나올 때마다, 그는 나에게 말을 걸어온다. 미스 레베카가 이랬다, 미스 레베카가 저랬다. 그는 미스 레베카를 열정적인 말의 물결 안에 빠뜨린다. 그의 스페인어 액선트가 나의 엉터리 영어에 더해져서 대화는 이해 불가능한 것이 된다. 그가 그의 이름을 말해 주었다. 나는 마치 이해력이 모자라는 사람과 대화하듯이, 검지 끝으로 내 흉골을 치면서, 그에게 "미 바르-브리-느"라고 음절을 잘 분절하려고 노력하면서 대답했다. 이 첫 번째 대화가 부끄럽다. 그는 나의 그런 태도에 별로 기분 상한 것처럼 보이지 않는다. 그는 나의 대답을 듣는 즉시 나에게 바비라는 새 이름을 지어 주었다. 둥근 천정처럼 생긴 가슴을 가진 그 유명한 인형 이름 말이다.

—바비라구? 테 라마스 바비, 씨? Te llamas Barbie, si? 반가워요, 바비! 뉴욕에 오신 걸 환영합니다!

레베카의 원룸에서는 고양이 냄새가 난다. 집주인의 짧은 순회 공연은 나에게 싱글 침대 하나, 속의 탄력이 사라진 소파 하나, 막이 쳐진 선반들, 냉장고 하나와 간단한 가스레인지 한 개, 구멍 난 금속 공이 하나 달려 있어서 꼭대기에서 뜨거운 김이 새어 나오는 라디에이터 한 개, 고양이 밥그릇 한 개, 너덜너덜해진 고무 생쥐 하나, 안쪽 가장자리에 곰팡이가 슬어 있는 비닐 커튼이 달린 화장실 겸 샤워실 하나를 갖게 해주었다. 내려다보이는 맨해튼의 풍경이 비참한 가구들을 잊게 해준다. 북쪽으로는 센트럴 파크가, 남쪽으로는 마천루들과 타임스퀘어의 끊임없는 네온사인의 춤이 발 아래에 보인다.

도착한 후 처음 며칠은 도시를 꼼꼼하게 조사하는 데 보내고 있다. 위에서 아래로, 연속적으로, 아첼레란도[52], 프레스토[53], 비바체[54], 라르고, 라르게토[55], 렌티시모[56]로. 군대 잉여품 파는 가게에서 지형에 최적화된 부츠 한 켤레를 구입했다. 발목까지 오는 앵클부츠로, 그걸 신으면 균형과 안정, 그리고 땅에 기분 좋게 뿌리를 내린 듯한 느낌이 든다. 나는 머리를 높이 들고, 머리를 숙이고, 불안정하게, 목을 집어넣고, 기쁘게, 모욕당한 기분으로, 평온하게, 다시 불안하게 앞으로 나아간다. 나는 메릴이 나에게 추천해 준 사람들을 불러내겠다고 굳은 결심을 하고 있었지만, 벌써 도망칠 준비를 하고 있다. 나는 브로드웨이 537-541번지에 있는 저드슨 메모리얼 처치와 웨스베스에 있는 댄스페이스 프로젝트로 이르는 길을 따라간다. 나는 건물들의 창에 내 모습이 비치지 않도록 조심한다. 내 모습이 비치면, 나는 어쩔 수 없이 〈나의 젖가슴 II, 귀환〉의 시나리오로 끌려들어가게 될지 모른다.

---

52 accelerando. 점점 빠르게.

53 presto. 아주 빠르게.

54 vivace. 생기 있게.

55 larghetto. 라르고보다 조금 빠르게.

56 lentissimo. 매우 느리게.

19 bis

맨해튼에서 C컵은 드물지 않았고, 애비뉴 모서리에서 설명되지 않는 형태를 가진 가슴이 불쑥 나타나기도 했다. 우리는 저 가슴은 어떤 살로 이루어진 걸까 궁금했다. 우리는 쌍둥이 타워의 나라에서는 두 개의 축소된 가슴이었다. 우리는 재미난 현상에 직면하고 있었다. 무슨 수를 쓰든 우리를 다시 만드는 방법을 찾아내야 했다. 뉴욕은 우리의 두 번째 기회이며, 속을 채워 넣기에 적절한 식품 총판점이다.

맨해튼 다운타운의 공기 안에는 방탕의, 섹스를 위한 섹스의 향내가 난다. 어떤 이들은

멀리에서 온다. 미시건, 다코타, 또는 캔자스 주에서 와서 가족

의 비난을 피하고, 그가 살고 있는 공동체의 건전한 편협함과의 충돌을 피하며 천박해진다. 이곳에 와서 사는 사람도 많다. 그들의 땀이 가지고 있는 화학 형식이 그들을 드러낸다. 그들은 육체 관계를 맺고, 자기 자신을 주고, 자신을 방출하기 위해 이곳에 있는 것이다. 거리에서 주고받은 미소가 가까운 술집 화장실에서의 결합으로 끝날 수도 있다. 그건 정말 근사한 일이다.

우리를 이 홀의 흐릿한 조명 안으로 데려다주시오. 엘리베이터 안에서, 이 기둥장식 아래에서 우리와 부딪치는 남자들에게 우리를 소개해 주시오. 엠파이어 스테이트 빌딩 꼭대기에서, 이 나무 그늘 아래에서, 이 전화 부스 안에서, 이 관공서 뒷방에서, 이 백화점 피팅룸에서, 당신의 흥분을 드러내시오. 어딘든, 당신이 원하는 곳에서, 그러나 빨리 해야 합니다. 아가씨들이여, 당신들도 우리를 이 기다리는 줄에 세워 주시오. 이 극장 앞, 이 밀크바의 쥬크박스 위에서. 어떤 이들은 너무 말랐어라고 대답했다. 다른 이들은 시간이 없다는 핑계를 댔다.

우리는 열심히 탐색하면서 우리의 미래를 찾아 도시를 돌아다니다가 주기적으로 빵집 앞에 멈추어 섰다. 우리는 우리 여주인에게 멀티 포켓 조끼를 하나 살 것을 제안했다. 필요한 경우에 물건들을 정리해 넣기 위해서였다. 여주인은 살이 몇 킬로 쪘다. 우리는 동그란 모양을 회복했다. 그녀는 약한 허기증 증상을 보였다. 우리는 우리의 허기를 부분적으로 보충했다.

20

  베튠 스트리트 55번지에 도착한 나는 용기를 끌어모은 다음, 깊은 영감이 이끄는 대로 거대한 카운터를 향해 간다. 카운터 위에는 '모든 방문객은 서명을 하고 안내를 기다리십시오'라고 쓰인 팻말이 붙어 있다. 몸이 떨린다. 나는 유리벽에 기대어 선다. 메릴이 써준 추천사가 들어 있는 수첩을 찾아보려고 애쓴다. 내가 그 장소의 명성에 짓눌려—수백 명의 무용가들이 그 건물에 살고 있다. 머스 커닝엄과 그의 팀은 그곳에서 매일 연습하고 있다—물항아리처럼 꼼짝도 하지 못하고 몇 명의 무용수들이 큰 소리로 떠들며 지나가는데도 길을 비켜주지 못하고 서 있자, 관리인이 내가 거기 있다는 것을 드디어 알아차린다. 그는 나를 찬찬히 살펴보더니,

나를 마비상태에서 벗어나게 하려고, 적어도 이름이라든가, 사회적인 이유라든가, 만날 약속이라도 이야기해 달라고 요구한다. 나는 우물우물 말한다.

—수잔… 롭… 메릴… 트리샤… 워터… 모터…

관리인은 내 청원의 의미를 파악하기 위해 최선을 다한다. 물론, 수잔과 롭은 웨스베스에 얼마 동안 머물렀고, 메릴은 팀의 일원이며, 트리샤 브라운은 브로드웨이 541번지에서 〈워터모터 Watermoter〉를 리허설 중이다. 그러나 그러한 사실들로부터 그 장소에 내가 있다는 사실을 설명해 주는 결론을 끌어내기 위해서는, 한 발자국 더 나아가야 하는데, 그는 그럴 생각은 없는 것 같다. 그의 영어 발음은 액선트를 가지고 있는데, 어디 액선트인지는 모르겠다. 스페인, 포르투갈, 어쩌면 덴마크인지도 모른다. 뉴욕에 도착한 후, 나는 내가 평생 들었던 것보다도 더 많은 액선트를 들었다. 결국, 그는 나에게 장부에 이름을 쓰게 하고, 그러고 나서 자기를 따라오라는 손짓을 한다. 우리는 복도를 따라간다. 어쩌면 이 문들 중 하나의 뒤에 위대하고 뛰어난 머스 커닝엄이 있을지도 모른다는 생각으로 가슴이 벅차오른다. 메릴이 걸었던 곳을 걷고 있다는 생각만으로도 몸이 떨린다. 우리는 조그만 문 앞에 멈추어 선다. 자, 그곳에 왔다.

문을 여니 벽장이 나타난다. 나는 나에게 무슨 일이 일어난 것인지 이해할 수 없어서, 항의하지 않고, 관리인을 미리 본디. 양동이들, 긁는 도구들, 솔과 청소 도구들, 세제들, 무스와 스프레이 등을 설명해 달라는 뜻이었다. 그는 나에게 말한다. 그러나 그의 눈길은 계속 내 가슴을 바라보고 있다. 메커니즘이 잘 작동하고 있는 것이다. 그는 왜 내가 청소를 하러 왔다고 생각했던 걸까? 나는 내 악마들이 대답하는 소리를 듣는다. "당신 가슴. 당신은 무용수가 아닙니다. 그건 확실해요."

관리인은 나에게 아주 친절하게 양동이를 하나 건네주면서 말한다.

—연습은 정오에 끝나요. 그러나 탈의실은 먼저 청소할 수 있습니다.

그리고 건물 사령관의 아름다운 제복을 입은 그는 발길을 돌려 자기 초소로 가버린다.

나의 개인적인 변화의 이 단계에서 나는 지금 생각해도 전혀 이해되지 않는 초연한 자세를 보였다. 가장 나쁜 것은 내가 보인 소심함이라든가, 나의 형편없는 영어라든가, 관리인이 나를 청소부로 오해했다는 사실이 아니다. 가장 나쁜 것은, 그 사람이 발언한 말이 나에게 힘을 행사했다는 사실이다. 가장 나쁜 것은 침묵을 지킴으로써 내가 그가 나이기를 원하는 그 무엇이 되었다는 사실이다. 그리고, 양동이에 따뜻한 물을 받고, 여러 가지 기능을 가지는 걸레자루를 물에 담그고 또 담그는 동안, 내 생각은 앞으로 나아갔다. 어쨌든, 계속해서 뉴욕에서 살 생각이라면, 밥벌이를 하는 수밖에 없다. 그렇다면 머스 커닝엄의 정통성 있는 발바닥과 그의 팀 무용수들의 다친 발가락들 아래로 청소 마포를 밀면서 할 수도 있는 것이다. 용기를 조금 내면, 이 오해를 이용할 수도 있을 것이다. 그들이 연습하고 있는 방 안으로 노크도 없이 들어가 양동이와 걸레자루를 위한 즉흥무를 춘다. 커닝엄이 나의 즉흥무의 기원을 발견하게 된다면, 나의 대담성과 창조성은 그로 인하여 더욱 찬란하게 불타오를 것이다. 어쩌면 그가 나를 채용할지도 모른다.

나는 한 손에는 양동이를 들고, 다른 손에는 걸레자루를 든 채, 여기에서는 빠르게 움직이고, 저기에서는 움직임을 멈춘다. 프레이징 하나가 생겨난다. 하나의 동선(動線)이 그려진다. 큰 장화. 풀어헤친 머리. 양동이. 걸레자루. 청소용 마포. 걸레자루 바꾸어 들기. 문의 삐걱임… 젊은 여성 두 명이 탈의실 안으로 들어온다. 내 가슴이 세차게 뛰고, 호흡이 가빠진다. 그녀들이 이마를 찡그린다. 이 이야기가 나를 완전히 박살 내기 전에, 나는 나의 소재 개발을 중단하고, 휴식 허가도 받지 않은 채 배를 떠난다.

나는 공중전화 박스에서 메릴과 접촉을 시도한다. 나는 응답기에 메시지를 남긴다. 그제서야 메릴이 어쩌면 내가 전화를 건 그 나라를 이미 떠났을지도 모른다는 생각이 떠오른다. 나는 숙소로 돌아가 자리에 눕는다. 담요를 덮고 웅크린 채, 사람들이 그렇게 되기를 원하는 대로 다른 사람들을 변화시키는 그 언어의 힘에 대해 공포심을 가지고 다시 생각해본다. 내가 직업적인 청소부로 변신하기 위해서는 유니폼을 입은 낯선 사람이 벽장의 내용물을 보여주는 것으로 충분했던 것이다. 나는 단지 언어의 힘만으로 종업원, 현금 출납계원, 미화원이 된 모든 여성들을 생각해 본다. 외설스러운 형용사의 우회를 거쳐 포르노그래피 안으로 휩쓸려들어가는 여성들. 명령의 충동 아래에서 경찰에 붙잡혀 가는 육체들. 언어의 화장술에 의해서 미용사가 되는 여자들. 나의 객관적인 생각의 장 여기저기 흩어져 있는 지뢰를 피하려고 애쓰면서, 아직 지켜야 할 이성의 마지노선 위에서 균형을 잡으려고 노력해 보지만, 나는 어떤 불길한 생각 속으로 빠져들어 간다. 관리인의 목소리가 들린다.

─당신은 유모인가요? 자, 이리 오시지요. 머스가 오늘 무척 배가 고프답니다.

부자인 어머니들의 가슴 모양이 망가지지 않게 하기 위해서 자기 아이가 아닌 아이들에게 젖으로 영양을 제공하는 저 끔찍한 직업이 머릿속에 어지럽게 떠오른다. 강요로 인해 부풀어 오른 대여 젖가슴. 그 가슴들에 대한 요구는 지속적이다. 관리인의 목소리가 또 들려온다.

─그러니까 젠장, 당신은 결국 뭐요? 청소부요, 아니면 유모요?

프로이트가 문을 쾅쾅 두드리는 소리가 들린다.

20 bis

우리는 인디언 여름을 체험했다. 그 모방할 수 없는 강렬한 빛은 건물들 사이에서 솟아올라 모든 사물에게 놀랍도록 분명한 윤곽을 주었다. 가장 무의미한 사물이 현대 예술 작품의 지위로 솟아 올라왔다. 그 빛은 우리의 피부에 그 놀라운 원초성을 부여했다. 가벼운 미풍 덕택에 공기가 쾌적한 온도를 유지했다. 콘택트 댄스 연습 때 우리는 조슈라는 이름의 무용수에게 다가가게 되었는데, 그때 우리는 그가 가진 매력적인 연금술에 맞닥뜨리게 되었다. 우리는 애교의 무기고를 열고, 우리의 향기를 가볍게 날리고, 솟아나게 하고, 발산했다. 댄스는 우리의 전문 분야가 아니었다. 콘택트 댄스는 즉흥 콘택트라고도 불리는데, 규칙이 정해져 있는 예외적 즉흥 장르이다. 이 장르의 본질과 복잡성을 이해하기에 우리가 우리 주인보다 더 좋은 위치에 있는 것 같았다.

조슈의 배가 주인의 어깨에 닿았을 때, 그녀의 어깨의 돌출 부분이 마치 상대방의 배에 의해 불려 나오기라도 한 것처럼, 예상 외의 경계를 가진 하나의 새로운 영역을 형성했다. 즉 배-어깨라는 영역. 이 배-어깨는 누구에게 속한 것인가? 두 육체에게? 또는 누구의 것도 아닌가? 그것은 우리가 이미 여러 차례 느꼈던 감각이다. 따스한 손바닥이 우리를 만지고, 활활 타오르는 입술이 우리의 꿀을 빨았을 때, 우리는 가슴-손, 가슴-입술이 되었었다. '나'는 어디에서 끝나고, '우리'는 어디에서 시작되는 걸까? 그때 우리는 엄밀한 의미의 우리 자신에게 속했던가, 아니면 결합된 무한한 전체에 속했던가? 우리는 곧 조슈와 함께 의식의 해체 안으로, 해부학적인 무인지대(無人地帶)로 들어갔다. 우리는 쌍둥이 괴물, 티탄, 흡혈귀, 켄타우로스가 되었다.

수업이 끝난 뒤, 조슈는 몇 블록 위에 있는 티슈 예술학교 카페테리아에 가서 뭘 좀 먹자고 제안했다. 그리고 나서 그는 길 가다가 만나는 첫 번째 술집에 들어가 맥주를 한잔하자고 우리를 초대했다. 조슈는 주인에게 질문을 산사태처럼 쏟아부었다. 그녀는 그 질문의 비를 고스란히 맞았다. 그리고 난 다음 그녀는 그가 자신에 대해 하는 말을 들었다. 조슈의 말은 느릿느릿했다. 거의 졸린 것 같은 말투였다. 그 말투는 그의 말에 놀라운 싶이글 주있다. 그는 다음과 같은 말을 하는 데 거의 일 분이 걸린다.

—저는 허망한 공연예술과는 일정한 거리를 두고 있습니다.

그가 세상에 태어났을 때, 초강력 카르마가 그에게 주어졌다. 그의 자기 확신—그와 관련된 모든 일에 관한—은 약간 전염성이 있었다. 우리 주인은 우리가 이미 몇 시간 전에 댄스 아틀리에에서 느꼈던 것을 막연하게 예감했다. 조슈와 접촉하면 확신이 생길 것 같다는 느낌. 그와 함께 있으면 삶이 도르래 바퀴 위에서 다시 굴러갈 것 같다는, 새로운 가능성의 장이 열릴 것 같다는 느낌. 덜 삭막하고 더욱 열정적인 미래의 전조에 대한 밑그림을 그리면서 옥시토신[57]이 작용하기 시작했다.

---

57 아기를 낳을 때 자궁의 진통을 유발시켜 분만이 쉽게 이루어지게 하고 젖의 분비를 촉진시키는 호르몬. 아이와 엄마 간의 애착을 형성 작용하는 주된 호르몬이며 모성 본능 물질이다.

21

나는 브루클린 음악학교에 채용되었다. 세 살에서 여섯 살까지의 아이들이 나의 학생들이다. 나는 무용 입문을 가르친다. 돈을 많이 벌 수 있는 활동은 아니지만, 시간 활용을 짜임새 있게 해주고, 내가 합법적인 지위를 가지게 해준다. 합법적 지위가 없다면, 나는 뉴욕에서 더 이상 버텨 나갈 힘을 찾지 못할 것이다.

끔찍했던 웨스트베스 방문 이후, 나는 브로드웨이 537-541번지에서 한 번 더 기회를 가지게 되었다. 나는 엘리베이터 안에서 트리샤 브라운을 7초 동안 만났고, 연기자들, 비디오 아티스트들, 무용수들로 이루어진 즐거운 팀을 만났다. 그 건물에서 일 년씩 머물면서 트레이닝을 받는 사람들도 있고, 나처럼 자신의 추구의 발전을 공유하고 싶어 하는 사람들도 있다.

이제는 문을 밀어야 할 때마다 수프에 빠진 머리카락이 된 기분이라든가, 무용수라는 종족의 페르소나 논 그라타(기피 인물), 오케스트라의 축복받은 자들의 집단으로부터 쫓겨난 추방자 같은 느낌은 더 이상 들지 않는다. 아직도 기억이 생생한 웨스트베스에서의 낭패는 나로 하여금 신중하게 행동하게 만들었다. 나는 단계별로 일을 진행시키기로 결정했다. 독무를 준비한다. 일을 얻은 것도 그 계획의 일환이다. 지하철을 타고 가는 일은 때로 지긋지긋하다. 특히 학교 수업을 끝낸 뒤에는 더욱 그렇다. 아이들에게 모든 에너지를 쏟아부었기 때문이다. 그러나 나는 적응해 나간다. 나는 배경 안에 녹아들어간다. 나는 더 이상 지하철 자동 매표기에서 표를 사려고 세 번씩 시도하지도 않고, 내가 지나갈 때 덜컥 멈춰 버리는 회전문에게 욕도 하지 않고, 지하철에서 술 취한 남자가 다가와 담배나 또 뭐 다른 걸 달라고 침을 튀기며 말해도 펄쩍 뛰지 않는다. 나는 C 라인을 탄다. 푸른색 라인이다. 나는 일하러 가는 모든 사람들과 똑같은 이유로 그 노선을 탄다. 다만, 커피나 신문을 들고 타지는 않는다. 엉덩이를 비집고 의자에 앉지도 않는다. 나는 춤을 춘다. 맨발로. 아이들 사이에서.

나는 남자를 하나 만났다. 조슈는 이스트 빌리지에 정착한 예술가 집단에 속해 있다. 그는 음악가이며 동시에 무용가이고, 무용에 입문한 지 3년밖에 되지 않았는데도 단단한 기술적 기본기를 가지고 있다. 그가 무용에 늦게 입문했다는 사실만으로도 나는 그에게 깊은 인상을 받았다. 나는 어머니 자궁벽에서 첫 번째 부레[58] 스텝을 밟았음에도 불구하고, 스무 살이 된 지금도 아무 곳에도 속해 있지 못한데 말이다.

조슈는 베스트리가와 웨스트가 모서리에 있는 아파트에서 살았다. 아파트는 허드슨강을 마주 보고 있어서 전망이 아름답다. 맨해튼과 저지 시티 사이에 자유의 여신상이 있다. 비록 이렇게 멀리 떨어진 거리에서 횃불을 쳐들고 있는 자유의 여신상과 붉은색 어록을 흔들고 있는 모택동상을 구별한다는 것은 불가능하지만 말이다. 조슈는 에두아르와 아파트를 공유하고 있다. 그러나 에두아르는 곧 이사 갈 예정이다. 칸막이는 없다. 어두운 색깔의 거대한 헝겊 막으로 공간을 둘로 나누어 놓아서 말소리가 다 들린다. 그들은 그 막을 다락방이라고 부른다. 커튼 이쪽저쪽으로 건물 일층에 있는 윙스 인터내셔널 프렛 주식회사에서 가져온 나무판자 위에 침대들이 놓여 있다. 전화벨이 울리면, 두 개의 벨이 울리고, 목소리가 녹음된 응답기가 돌아간다. "안녕, 나는 에두아르야. 파이프를 위해서는 1번을, 삽입을 위해서는 2번을 누르길. 아냐, 농담이야. 주소와 전화번호를 남기렴. 그럼 내가 전화를 걸지도 모르지. 안 걸 수도 있고."

메시지 중 열의 아홉은 전화를 끊는 소리였다. 에두아르는 콜보이 또는 그 비슷한 종류의 사람이었다.

---

58 bourrée. 드미 푸앵트 한 발로 두 다리를 겹쳐지게 하여 촘촘하게 다리를 움직이는 동작.

21 bis

    우리는 우리 자신에 대한 완전히 새로운 인식을 우리에게 가져다준 조슈에게 완전히 정복당했다. 우리는 다시 태어나고 있는 우리의 둥근 윤곽 위로 그의 손바닥을, 감동한 우리의 꼭지 위로 그의 두툼한 아랫입술을, 되살아난 우리의 꼭대기로 그의 머리카락을 불러냈다. 그는 말을 느릿느릿 하는 것처럼 몸짓도 느릿느릿했는데, 그것이 우리에 대한 그의 에로틱한 힘을 열 배나 배가시키는 결과를 가져왔다. 젖의 민중이여, 젖꼭지 친구들이여, 그대들에게 묻노니, 여러분은 무엇을 요구할 것인가? 빵과 오르가즘을 달라 Panem et gaudentes! 그는 몇 개월 전만 해도 생살까지 잘려나간 우리 자신에 대한 존중감을 우리에게 온전히 돌려준 첫 번째 남자였다. 우리끼리만 있었을 때, 우리는 불안에 시달렸다. 그와 함께 우리는 어떤 감각의 시작을, 완결의 약속을 엿보았다. 우리는 소명을 가지고 있었다. 그 무엇도 그 누구도 우리가 그 소명을 수행하는 것을 막지 못할 것이다.

이 단계에서, 조슈를 한 뛰어난 후보자로, 더 나아가, 이런 단어를 사용하는 것을 두려워하지 말자, 이상적인 협조자로 만들어준 이유를 정확하게 짚어두는 것이 유용하다. 우리의 소명은 점점 더 분명해지고 있었다. 우리는 우리가 그 희생물이 되었던 환멸과 박해의 혼란들에도 불구하고 자궁과의 협조 하에 완벽한 페이스로 기능했다. 우리는 몇 년이 걸리는 시간의 흐름에 따라 육체의 위계를 결정하는 사다리를 기어 올라왔다. 그것은 우리가 육체가 하나의 유일한 권위에 의해, 자신의 법칙과 자신의 해로움을 다른 기관에게 강요하도록 허락받은 하나의 기관에 의해 지배된다고 생각했다는 뜻이 아니다. 오히려 우리가 각각의 기관들로 이루어진 하나의 지혜로운 협동 체계를 형성했다고 보는 것이 맞다. 그 체계 안에서 각각의 기관은 전체에 도움이 되는 하나의 독특한 역할을 수행한다. 그런데, 얼마 전부터 우리의 활동이 강화되었다. 난자들과 자궁의 긴밀한 파트너십이 분명해졌다. 우리의 둥근 공은 육체의 어떤 다른 부분도 대신 맡을 수 없는 하나의 기능을 완수할 준비를 마쳤다. 우리는 우리의 복제품에게 먹이를 줄 것이다. 우리의 후손에게 영양을 공급한다. 우리의 모방품의 배를 새 워준다. 우리의 복사본이 이번에는 자기 복사본을 먹여 살리도록 통통하게 살찌운다. 몸 전체가 재생 작업을 위한 모든 조건을 결합시켰다. 하나의 항구적인 임무를 수행하는 생체 기관들과는 달리, 우리의 임무는 한시적이고, 간헐적이며, 임의적이다. 단기적으로 보면 우리를 재생해야 할 필요는 절대적이지 않은 것으로 보일지도 모르지만, 우리를 규모가 큰 공사장에, 우리를 벗어나는 일에 투입하는 것은, 우리를 활기 있게 만든다.

이제 후보자를 살펴보자. 조슈는 우리의 최고의 선택이었다. 우리 주인의 삶을 거쳐 갔던 남자들의 수를 살펴볼 때, 우리는 서둘러서, 견고하고 구체적인 상황으로 들어가는 데 큰 관심을 가지고 있었다. 조슈는 완벽한 건강을 가진 젊은이다. 그의 면역체계는 고성능을 가진 것으로 보였고, 그의 근육 발달은 분명했고, 비록 그의 혈소판과 유전자원을 자세히 분석할 수는 없었지만, 우리는 그가 적대적인 환경 안에서 생존할 수 있는 후손에 대한 보장을 대체로 제공할 수 있을 것이라고 생각했다. 이 모든 것이 조슈를 첫 번째 선택권을 가진 후보로 만들어 주었다. 몇 가지 질문은 제기될 수 있다. 그러나 공사장 진행을 중단시킬 수 있는 것은 아무것도 없다. 허파들은 조슈가 담배를 피우는 것을 매우 유감스럽게 생각했다. 심장은 그의 육체적 조건에 대해 안심한 것으로 보인다. 내장들은 그가 채식주의자라는 사실을 높이 평가했다. 재생 안은 한 표 빠진 만장일치로 통과되었다. 뇌만 투표하지 않았다. 그는 낮잠을 자기 위해서 십이지장에게 투표권을 위임했다.

공사장이 구체화되는 전형적인 경우에, 시니스트르와 나, 우리 둘은 몇 달에서 몇 년에 걸친 기간 동안 특권적인 지위를 가지게 된다. 우리는 신체의 모든 부분들의 전적이고 무조건적인 지원을 받게 될 것이다. 우리는 모든 단백질, 항체, 락토페린, 라이소자임, 비타민 등 모든 자원의 우선적 소비자가 될 것이다. 젖을 만들어내기 위해서, 우리가 임신했다는 사실을 증명서로 확인할 필요는 없다. 이 새로운 책임이 우리를 빵빵하게 부풀려줄 것이기 때문이다.

22

모든 것은 예측 불가능한 상황들의 연쇄에 지배되는 커닝엄의 안무 안에서처럼, 수학적이고, 메트로놈 같은 방식으로 빠르게 진행되고 있다. 나의 비자 기간이 만료되었다. 나의 고용인들은 나에게 내가 제출할 수 없는 서류들을 요구했다. 얼마 안 되는 나의 저축은 바닥났다. 댄스스페이스 프로젝트와 애비뉴 C의 스튜디오들에서 멀지 않은 곳에 있는 이스트 빌리지 학교에 새로운 직장을 얻을 수 있는 전망이 생겼지만, 서류가 정리되지 않는 한, 일자리를 요구할 수 없을 것이다. 내 첫 번째 독무가 준비되었다. '떠나면서 문 닫는 걸 잊지 마'라는 제목을 붙였다. 나는 메릴이 완전히 유목민이라고 생각했는데, 그녀가 뉴욕에 얼마 동안 살기 위해 돌아왔다. 그녀는 그녀의 친구 루친다 챠일즈와 함께 브런치를 조직하는 얘기를 하고 있다. 나는 잘 지내야 한다. "마음은 근육이다." 이건 내가 한 말이 아니라, 이본 라이너가 한 말이다.

돈 때문에 쪼들리는 형편이었으므로 무슨 일이든 해야 했다. 나는 바디페인팅 화가인 알리시아를 위해 포즈를 취해 주기로 한다. 당시의 나에게는 엄청나 보이는 금액을 받기로 한다. 알리시아는 예술과 돈과 여성 육체의 관계에 대해 연구하고 있다. 예술 안에서의 여성의 위치는 빌리지 미술가들의 중요한 관심사이다. 누드는 질문을 던진다. 어떤 미술가들은 알리시아처럼 플라워 파워 시대에 의해 해방되었다고 주장되는 육체는 여성들을 종속시키고 그녀들의 신체 구조에 투기하는 우회적인 방식이라고 생각한다. 뉴욕 메트로폴리탄 미술관에 작품이 전시되어 있는 현대미술가들 중에서 여성 미술가의 비율은 4%에 불과하다. 그런데 전시되어 있는 누드 작품의 85%가 여성이다. 여성들은 벌거벗고 포즈를 취하기에는 충분히 훌륭하지만, 큐레이터의 관심을 끌기에는 충분히 화가가 아니기라도 하다는 말인가? 알리시아의 설명을 들으면서 조금 상실감이 느껴지지만, 어쨌든 알리시아는 한나절 포즈를 취해주는 데 2,000불을 지불하겠다고 약속한다. 그건 처음으로 산 로또가 큰돈을 딴 것과 약간은 비슷한 일이다.

22 *bis*

    아젠다들의 갈등을 관리하고, 부드러운 관계를 만들어내는 것은 부분적으로는 우리에게 맡겨진 중요한 임무였다. 조슈는 우리 주인이 섹스와 관련된 흥미가 흔들리는 지점에서 섹스에 몰두했다. 그는 사교적인 사람이었다. 그런데 주인은 복슬개하고도 대화하는 것을 힘들어했다. 조슈는 즐겁고, 관대하고, 낙천적이었다. 그녀는 열정을 가졌다가도, 몇 분 뒤에는 절망에 휩싸인다. 자기가 행복한 시간들을 온당한 용도로 사용했는지 의문을 가지는 것이다. 거기에 돈 문제, 만료된 비자, 그들이 같은 지역에 살고 있지 않기 때문에 생겨나는 지하철 구간의 문제까지 덧붙여졌다. 조슈는 트리베카에서 살았고, 그녀는 여전히 레베카의 집에서 살고 있었다. 이 모든 것을 조화시키는 일이 우리가 해야 할 일이었다. 상이한 성격들과 아젠다들을 대면시키고, 관계의 빈도를 유지하고 적절한 위치를 정하는 일.

우리 주인에게 반해 있으면서도, 조슈는 그녀 없이 여러 날을 지낼 수 있었다. 그러나 그 역은 사실이 아니다. 그녀는 조슈에 의해 존재하고 있었다. 그는 이 도시에서 그녀의 존재를 돋보이게 해주는 사람이었고, 그녀를 머무르게 해주는 기회였다. 그 대신 그는 메릴 쪽으로 어떤 직업적 전망을 얻기를 원했다. 우리는 '메릴'이라고 발음할 때마다 날카로워지는 그의 목소리를 통해서 그것을 느낄 수 있었다. 이 관심의 결합은 가장 긍정적인 시나리오 안에서 그들의 관계가 몇 달간 지속될 것이라는 희망을 주었다. 그만하면 대공사장을 출범시키기에 충분히 넉넉한 시간이다.

생물학적인 시계가 돌아갔다. 그런데 아무것도 없었다. 아무것도. 너절하다. 시시하다. 즐기기 전에, 죠슈는 몸을 잡아 뺐다. 침대 시트를 적셔놓고 우리에게서 그의 정자를 빼앗아갔다. 그리고 이른 아침에 압박감이 두 배나 빠르게 치고 올라왔다. 그리고 수문(水門)이 부서지고, 팡! 주체의 살아있는 생생한 느낌 한복판에서! 사건 한복판에서! 중(重)기병대! 정자가 드디어 편지함 안에 편지가 들어가듯이! 가장 뛰어난 놈이 수십억 마리의 한량들, 줏대 없는 놈들, 낙오자들, 게으름뱅이들, 논다니늘, 제3세계주의자들, 영양 결핍자들, 무능력자들, 잉여인간들, 거지들, 천민들, 멍청이들, 상속권 박탈자들, 밀려난 놈들, 낭만주의자들, 상대주의자들, 예술가들, 빨갱이들, 놀고먹는 놈들, 아나키스트들, 기권자들, 망설이는 놈들, 평등주의자들을 때려잡고 승리하기를! 결국 최초의 대량학살이다! 열네 번째 날 한복판에 이루어지는!

23

아틀리에를 찾기 전에 나는 한 바퀴 빙 돌아본다. 니스와 용해제 냄새가 강하게 풍겨 나오는 것으로 보아서, 건물 입주자들이 전부 화가들인 것 같다. 출입구가 열려 있으므로, 나는 안으로 들어간다.

큰 금속 집게로 린네르 밧줄에 매달아 놓은 중국 서예에 쓰일 법한 큰 종이들이 마르고 있다. 종이는 방금 쓴 슬로건으로 덮여 있다. 개수대 옆에 있는 대야 표면에는 오그라든 인화된 사진 한 장이 시체처럼 둥둥 떠 있다. 알리시아를 기다리는 동안, 나는 칼리그라피 옆으로 다가가 살펴본다. 중국 종이는 거리에서 지나가는 소방 트럭 소리라든가, 건물 어디에선가 나는 큰 배터리 소리에 가늘게 떨린다.

알리시아가 식은 시가 냄새를 앞세우고 달려 내려온다. 그녀는 잠을 푹 자지 못한 얼굴이다. 그녀는 모델과 화가와 사진사의 관계에 대해 나에게 말한다.

—너는 우리를 믿어야 해. 신뢰는 최종 결과물을 위해서 아주 중요하거든.

알리시아의 설명이다. 그녀가 말하는 '우리'에는 내 몸 위에 그려진 그림이 마르고 나면 사진을 찍게 될 그녀의 남편이 포함된다. 2,000불, 나는 2,000불을 되뇐다.

알리시아의 생각은 나의 상체 위에 1달러짜리 화폐를 그려 넣는 것이다. 그리고 슬로건을 덧붙여서 작품 읽기의 열쇠를 제공한다는 것이다. 그녀는 여러 개의 글씨체 시안을 나에게 보여준다. **나는 파는 물건이 아니다. 나는 파는 물건이 아니다.** 나는 파는 물건이 아니다.

알리시아가 묻는다.

—어떤 글씨체가 마음에 드니?

—오, 나야 뭐, 네가 알겠지.

나는 거짓말을 한다. 슬로건은 갑자기 내 존재와—내가 파는 물건이 아니라면, 나는 지금 이 아틀리에에서 뭘 하고 있는 거지?—그리고 우리가 서로 약속한 보수의 타당성에 대해 의심하게 만들었다. 알리시아가 프로젝터를 켰다. 조지 워싱턴이 벽의 한 면에 나타났다.

—멋질 거야!

알리시아가 미국인들만이 하는 방식대로 감탄한다. 그들은 자기 자신만 설득되면 다른 아무 이유 없이도 그렇게 감탄한다.

알리시아는 구식 작은 여송연에 다시 불을 붙이고 다가온다.

—그리고 슬로건은, 여기에 쓸 거야. 네 가슴 밑에.

그녀는 나에게 옷을 벗어 달라고 한다. 그 방에는 칸막이도 옷걸이도 없었으므로, 나는 내 물건들을 바닥에 내려놓는다.

—모든 몸이 바디페인팅에 적합하지는 않아.

그녀는 여송연을 우물우물 씹으면서 중얼거린다. 내 몸을 벌써 자기 물건이라고 생각하고 있는 것이다. 네 피부를 살펴봐야 해… 아… 수술 자국이 있네… 상관없어… 화장하면 되니까…

나는 내 삶의 이 페이지는 가능한 한 빨리 덮어버리고 싶다. 그 일을 거치면서 나는 언어의 정확한 의미에 대한 사전 합의 없이 절대로 자신을 사용하도록 누구에게든 허용해서는 안 된다는 것을 비싼 값을 치르고 배웠다. 알리시아나 그녀의 남편인 사진사에게서 아무 얘기도 듣지 못한 채,—어쨌든 그들은 일이 끝난 뒤 약속한 금액을 지불했다—나는 몇 주 뒤 어떤 서점 진열장에서 뉴욕 클럽 활동 안내 책자 표지에 인쇄된 내 가슴 사진을 보았다. 표지에는 스튜디오 54, 믹 재거, 어맨다 리어, 교황 요한 바오로 2세 등이 뒤죽박죽 인쇄되어 있었다. 내 벌거벗은 가슴 위에는 언제나처럼 활기찬 조지 워싱턴이 그려져 있었다. 반면에 나는 파는 물건이 아니다라는 슬로건과 내 얼굴은 편집의 필요 때문에 슬쩍 감추어져 있었다. 내가 이 편집에 반대하지 않는다는 것을 짚어두기 바란다. 만일 내 얼굴을 알아볼 수 있는 방식으로 인쇄되었더라면, 나는 아마 살아남지 못했을 것이다.

23 bis

알리시아는 우리에게 물감을 뿌리고, 스펀지로 닦아내고, 바람을 쏘이고, 꼼꼼하게 닦아내고, 섬세하게 색칠하고, 그리고 다시 닦아냈다. 우리는 슬라이드 프로젝터 불빛 아래 놓여졌다. 좋은 앵글을 찾기 위해서 얼마간의 시간이 필요했다. 화가의 의도에 맞으면서도, 대통령에게 유리한 위치가 확보되어야 한다. 그를 너무 높이 올려놓아서도 안 된다. 그러면 그가 오만해 보일 것이다. 너무 낮은 곳에 두어서도 안 된다. 그러면 그의 얼굴에 그늘이 질 것이다.

공기가 섞인 물감이 처음으로 분사되어 우리를 뒤덮고, 우리 가슴에서 가장 예민한 자극 수신 부위로 번졌을 때, 춥고 예리한 통증이 느껴졌다. 나는 나보다도 시니스트르가 더 걱정이었다. 강하게 불어오는 공기 때문에 피부가 화끈거렸다.

—괜찮아?

내가 물었다.

—간지러워.

시니스트르가 대답했다.

나는 당황했다. 우리가 사물들을 다르게 느낄 때면 늘 그랬다. 나는 우리의 자기수용적 갈등들이 우리의 상호 이해와 하나가 다른 하나를 돌보는 우리의 능력을 변질시킬까봐 두려웠다.

먼저 크림 타입의 흰색 물감을 도포한 다음, 알리시아는 분무기로 여러 가지 색조를 가지는 회색 물감을 덧칠했다. 그녀는 마분지를 잘라 만든 누르개를 이용해서, 나무 잎사귀들, 씨실들, 숫자들을 그려 넣었다. 그녀가 너무나 우리 가까이 있었기 때문에, 우리는 주기적인 간격으로 그녀의 미지근한 숨결이 우리의 둥근 공을 덮는 것을 느꼈다. 장미색 혓바닥 끝이 정확성을 가지고 움직이는 모습도 보았다. 그녀의 숨결에서는 시거 냄새가 났는데, 우리는 그게 좋았다. 그것이 우리를 바꾸어 놓았다.

한 시간 반 뒤에 시니스트르가 말했다.

—터져버릴 것 같아.

알리시아가 담비털 붓으로 대통령의 그림 장식을 다 그렸을 때였다.

워싱턴은 너무나 생생해서 풍선 속의 인물로 보이지 않았다. 대통령 말고도 알리시아는 그릴 것이 아직도 많았다. 다듬어야 할 디테일도 많이 남아 있었다. 작은 디테일들을 다듬어갈수록, 달라는 진짜처럼 보일 것이고, 작품의 임팩트도 커질 것이다. 이 작품은 돈과 가슴이 남자들에게 행사하는 이중의 매혹에 기대고 있는 작품이니 말이다.

그리고 우리는 그 어느 때보다도 찬탄의 대상이 되었다. 곧 남자, 여자. 개, 벌레 할 것 없이 모두 우리 얘기를 들었다. 사람들은 우리를 워싱턴의 젖가슴이라고 불렀다. 사방에서 우리 이미지는 날개 돋친 듯 팔려나갔다. 우리 주인은 무척 곤혹스러운 처지에 처했다. 그녀는 잡지 발행인을 고소하겠다고 협박했다. 그러나 그 일은 사람들로 하여금 더욱더 허겁지겁 우리에게 달려들게 만들었을 뿐이다.

우리는 《더 빌리지 보이스》와 《포춘》지에 다시 실렸다. 80%의 남자들처럼, 조슈도 우리에게 수컷의 찬사를 쏟아 부었다. 그는 그를 엑스터시에 빠뜨린 가슴이 그가 껴안아 본 가슴이라는 것을 전혀 몰랐다. 왜냐하면 우리 주인은 '이 작은 아르바이트'에 대해 언급한 적이 없기 때문이다. 우리의 성공은 국경을 넘어갔다. 마드리드의 한 편집장은 우리를 뉴욕 모비다 운동[59]의 첫 번째 강력한 상징이라고 표현했다. 그는 알리시아와 그녀의 남편을 이비자에 있는 그의 저택으로 초대했다. 우리는 해변 티셔츠 만 장 위에 인쇄되었다. 우리는 유행하는 포스터가 되었다. 그리고 스티커가 되었다.

---

59 모비다 운동은 프랑코 사후 마드리드에서 일어난 1970년대 언더그라운드 문화 운동이다. 1930년대 스페인 내전 이후, 프랑코 독재정권의 강요로 형성된 국가 이데올로기의 허위성에 맞서 싸웠다. 마드리드를 중심으로 새롭고 발랄한 대중 예술이 부상했다. 정치적 민주화에 대한 기대와는 달리 문화적으로는 여전히 보수적이었던 스페인 지성계는 모비다 운동에 거부감을 드러냈으나 당시 확산중이었던 소비문화가 이 운동의 전국적 확산을 가능하게 했다. 영화감독 페드로 알모도바르가 모비다 운동의 대표적인 인물이다.

24

건물 안에서 사람들은 온갖 음식의 브런치를 즐기고 있다. 사람들은 샴페인 병마개를 딴다. 사람들은 웃는다. 이건 휴식이다. 사람들은 기분이 좋다. 연어 수프 냄새와 야채 타르트 냄새가 옥상에서 굽는 바비큐 냄새에 섞인다. 나는 속이 좀 메슥거린다. 그것만 빼면 괜찮다.

메릴의 아파트에서 사람들은 알록달록한 커다란 쿠션 의자에 주저앉아 있다. 두 남자는 루친다 차일즈와 필립 글라스의 〈댄스〉라는 새로운 창작에 참여하고 있는 솔로몬 르위트에 대해 토론하고 있다. 조금 떨어진 곳에서, 몇 사람이 자세하게 그려진 크로키를 고개를 숙이고 들여다보고 있다. 공연의 무대장치 그림이다.

반백의 턱수염을 가진 남자 하나가 모든 사람들을 폴라로이드 카메라로 찍어서 사진이 말라서 제 색깔이 나오기도 전에 여기저기 던져놓는다. 메릴은 유리잔들을 닦고 있다. 예상했던 것보다 사람들이 더 많이 온 모양이다. 그녀는 공기역학 문제를 제기한 실처럼 가느다란 여자와 열렬하게 토론 중이다. 그리고 이제 우리 세 사람이 만난다. 메릴은 내가 가져간 꽃다발을 보고 미소를 짓는다. 그녀는 나에게 그것을 꽂을 꽃병을 가리켜 주고 우리에게 루친다를 소개해 준다. 메릴이 거기 있다는 사실에 마음이 놓여서, 나는 거의 정상적으로 행동할 수 있게 된다. 조슈는 메릴과 루친다에게 인사한다. 그는 루친다가 그에게 〈댄스〉에 대해 하는 이야기를 듣는다. 그는 말 조각 한 부스러기도 흘리지 않는다. 자, 우리가 여기에 왔군. 그는 말 부스러기 하나도 놓치지 않는데, 그런데 나는 모든 말을 놓친다. 루친다는 〈댄스〉에 대해 말하고 있는데, 나는 한 마디도 이해하지 못한다. 루친다가 말한다.

—남자 무용수 한 사람이 모자라요. 혹시 오디션을 볼 의향이 있으신가요?

수렴 포인트. 나는 우울함의 구불구불한 강을 향해 서서히 떠내려가고 있다는 느낌이 든다. 카운트다운을 알리는 음악 소리가 들린다. 나는 뒷걸음으로 물러난다. 나는 다시 눈에 보이지 않는 존재가 된다. 큰 가슴을 가진.

메릴은 오랫동안 사리를 비웠기 때문에 사람들이 자기를 붙잡고 놓아주지 않는 것을 받아들인다. 그녀의 애정의 조직도 안에서 그들의 자리를 다시 차지하기 위해 제일 바쁜 사람들이 들이대는 걸 내버려 둔다. 나를 제외한 모든 사람들이 그녀에게 할 말이 있는 것 같다는 사실을 이용해서 나는 사라져서 약국을 한 바퀴 돌아볼 생각을 한다. 나는 무시무시하게 큰 어떤 약국으로 들어간다. 유럽에는 아직 이런 곳은 없다. 이곳에서는 약 마케팅에 고양이 간식 마케팅과 똑같은 규칙이 적용된다. 나는 딸꾹질이 났다. 딸꾹질은 메릴의 집에 있을 때 시작되었다.

내가 딸꾹질을 하는 걸 보고 줄 서 있던 사람들이 모두 웃었다. 나는 생긴 모습이 딱 의학 종사자처럼 생긴 여성에게 호소한다.

—죄송합니다만 부인, 혹시 딸꾹질을 멈추게 하는 약은 없나요?

나를 헝겊 꼭두각시 인형처럼 보이게 하는 들썩임을 참아보려고 노력하면서 나는 그녀의 가운에 수놓인 이름을 읽는다. 메리 위그맨, 건강 상담사. 내가 미국 여성약사에게 말을 거는 것은 이번이 처음이다. 그런데 그 이름이 우연히도 20세기 독일의 가장 위대한 여성 무용가의 이름 마리 비그만과 똑같다.

—죄송합니다, 아가씨, 딸꾹질을 멈추게 하는 약은 없어요. 하지만 원하신다면 가벼운 진정제는 드릴 수 있어요.

한 마리 다람쥐를 나타내는 목걸이 펜던트가 그녀의 관대한 살들의 계곡 안으로 달려 들어가고 있다. 약사가 나에게 다가오라는 손짓을 한다. 그녀는 내 눈의 흰자를 살펴본 뒤 말한다.

—말씀해 보세요. 혹시 임신하신 건 아닌가요? 왜냐하면 저도 임신했을 때 그렇게 끅끅 딸꾹질을 했던 적이 있거든요. 네 차례 그런 적이 있었어요.

—말도 안 돼요.

나는 그렇게 말한다. 마리 비그만도 나에게 그녀의 강박적 노이로제를 투사한다는 사실을 확인하니 화가 난다.

그러나 그럼에도 불구하고 그녀는 나를 설득해서 임신 테스트기를 사게 한다. 어떤 점에서는 매우 강력한 처방이었다. 왜냐하면 내 딸꾹질이 갑자기 멎었기 때문이다.

24 bis

우리의 꼭지는 매일매일 커졌다. 우리의 유두륜은 영역을 넓혔고, 색깔이 어두워졌다. 우리는 유방 가장자리에 보라색을 띤 수많은 모세혈관들을 발달시켰다. 무엇인가 엄청난 일이 진행 중이었다.

주인은 변기 위에 앉아 있었다. 두 눈은 약사가 준 기구 위에 꽂혀 있었다. 항체들은 오줌에 포함되어 있는 호르몬 요소에 양성 반응을 보였다. 그러나 그녀에 따르면, 만성 생식선 자극 호르몬 문제일 수도 있다. 그녀는 조심을 기한다. 그녀는 실수를 찾는다. 잘못되었다고 생각하며 두 번째 테스트를 한다.

첫 번째 테스트 결과는 두 번째 결과에 의해, 그리고 세 번째 결과에 의해 확인된다. 그 소식은 주인에게 역설적인 효과를 나타냈다. 우리는 그녀가 기관차에 좀 제동을 걸었으면 했는데, 그녀는 활동을 배가시켰다. 그녀는 에너지의 실체적인 부분을 독점하고 대공사장 개시를 위해서 100배는 더 필요한 자원인 첫 번째 물질들을 의식적으로 약탈했다. 그녀는 스튜디오들, 무용 학교들, 행정부들, 영사관과 이민국을 쫓아다니는가 하면, 루친다의 초대를 받고 〈댄스〉의 첫 번째 리허설에 참여하고, 두유 냄새와 무좀 냄새를 풍기는 이스트 빌리지 집단과 어울려 다녔다. 담배를 말아 피우고, 유기농 허브 주스를 마시고, 간단한 사물들을 설명하는 데 끔찍할 정도로 복잡한 말들을 사용하는 이 무용수들은 우리를 좀 지치게 만들었다. 좀 느긋하게 낮잠을 자면 좋겠는데, 주인은 사방으로 싸돌아다녔다. 저녁이면, 우리는 지치고 고통스러워서 널브러져 버렸다. 피부는 군대 야영장 모포처럼 축 늘어졌다. 우리는 그녀가 잠이 들어 우리가 그녀를 데려다놓은 대공사장에서 비계의 층을 한층 더 올라가는 모습을 보기만을 원했다.

우리는 사내아이를 원했다. 꼬마 바르브린보다는 꼬마 조슈를. 편집증적이고 피해망상적인 패배자보다는 밝고, 강하고, 평온한 승리자를. 태반의 유분비촉진 호르몬의 격려를 받은 우리는 혈행 체계의 밀접한 협력 하에 생산 회로를 배가시켰다. 락토즈, 메티오닌, 타우린과 우리가 만들어낸 생산품을 개선시킬 수 있는 모든 물질의 대량 수송은 혈행 체계가 최종적으로 책임지게 되는 것이다. 조슈에게 그의 후손이 길을 떠났다는 사실을 급히 알려야 했다.

25

조슈의 기원은 캐나다인이다. 그는 그 기원 덕분에 초보적인 프랑스어는 할 줄 알았다. 그래서 나는 그에게 프랑스어로 나의 임신 사실을 알렸다. 그때, 그는 숙련된 음악가답게, 전력을 다해 음을 방출하는 스피커처럼 큰소리로 노래를 부르고 있었다. 그는 내 말을 듣고 있지 않은 것이다. 그 역시 나에게 알려야 할 매우 중요한 일이 있다. 무엇인가가 그로 하여금 내가 그에게 말하는 것에 집중하지 못하게 만들고 있다. 그는 내 허리를 잡고 위로 들어 올린다.

—내가 뽑혔어! 내가 루친다 챠일즈와 춤을 추게 된다고!

루친다는 열 명 정도의 후보들 중에서 조슈를 선택했다. 조슈는 나를 껴안는다. 그는 나에게 입을 맞춘다. 나를 안고 허공에서 빙빙 돌린다. 그는 나에게 고마워한다. 왜냐하면 그가 적당한 순간에, 적당한 장소에서 루친다를 만날 수 있었던 것은 약간은 내 덕이기 때문이다. 그는 우리가 사랑을 나누기를 원한다. 그가 나를 안고 가는 동안, 나는 내가 모순덩어리 액체로 쪼그라든 느낌이 든다.

—조슈, 할 말이 있어.

이번에 나는 나의 임신 사실을 영어로 알린다. 그는 나를 조심스럽게, 조용하게, 부딪치지 않게 내려놓는다. 그는 내 블라우스를 걷어 올리더니, 그의 큰 두 손을 내 피부 위에 올려놓고 내 배를 향해 말한다.

—헬로, 스위트 하트… 내가 네 아빠란다…

이건 한 아이의 아버지임을 인정하는 미국-캐나다식 방식인가? 그는 나의 배꼽에 입을 맞춘다.

—베이브, 만일 이 아이가 여자아이라면, 당신 그런 가정해 본 적 있어? 아주 조그만 손, 아주 조그만 발, 아주 조그만 손톱, 아주 조그만 코, 아주 조그만 귀, 그리고 아주 조그만 드레스…

그의 표현이 나를 혼란스럽게 만든다. 우리는 이 아이를 원하는 걸까? 우리가 아이를 원한다는 것을 무엇으로 알 수 있지? 사람들의 생각을 들어보나? 종의 재생에 대한 상급 위원회의 편지를 받게 되나? 조슈와 나 사이에 사랑이 있는 걸까? 아니면 단지 밤에 혼자 자는 게 무서웠을 뿐인가? 우리 이야기는 이제 막 시작되었다. 우리는 서로를 너무 모른다. 우리는 서로에게 너무 미적지근하다. 몇 주 전부터 조슈는 내가 미국에서, 적어도 얼마 동안은 비자 없이도 아주 잘 살 수 있다고 끊임없이 말하고 있다. 이민국과 문제 해결이 되지 않은 채 그냥 살고 있는 사람들을 아주 많이 알고 있다는 것이다.

—자신의 삶을 예술작품으로 만드는 건, 베이브, 안락한 영역 밖으로 탈출하는 걸 함축하는 거야.

그에게 그것은 쉬운 일이다. 그는 아직도 부모님이 대주는 돈으로 대학에 다니고 있으니까. 나는 여전히 레베카의 집에서 살고 있는 불법체류자이다.

식당에서 돌아오다가 폭우를 만났다. 물에 젖은 우리의 몸이 어둠 속에서 번쩍였다. 우리는 조슈의 침대에 누웠다. 응답기가 돌아가기 시작했다. 에두아르가 짧은 연설을 한다. "파이프를 위해서는 1번을 눌러." 전화를 건 사람은 조슈의 어머니였다. 그녀는 조슈가 밴쿠버에 와서 주말을 보낼 수 있는지 알고 싶어 했다. 조슈는 나를 품에 안았다. 그리고는 즉시 잠들었다.

25 bis

태아가 자라기 시작했기 때문에, 우리는 주인에게 더 이상 바라는 것이 별로 없었다.

주인은 눈을 초음파 화면의 흰 점에서 떼지 못한 채 말했다.

—보세요, 선생님, 이 여자아기가 벌써 운동을 해요!

산부인과 의사는 그 말을 반박하지 않았다. 그는 기형아 앞에 있지 않은 것이 너무나 행복했던 것이다. 서부에 있는 그의 동료들의 공공병원에서는 그런 아기들이 증가 추세에 있다. 마약에 의해 피폐해진 불행한 유산아들, 미래의 노벨상 수상자들, 미스 월드들, J.R.과 수 헬렌, 올림픽 단거리 경주 선수들과 우주 비행사들 사이에서 이 꼬마 발레리나는 전혀 괴상하지 않다. 그러나 임신 7주째에 아이의 성을 진단하는 것은 너무 이르다. 의학계가 그것을 허락하지 않는다.

그러나 우리는 의심하지 않았다. 염색체 Y가 없고, 생식선이 달걀 모양으로 변했고, 뮐러리엔관이 자궁으로 변했으며, 볼프관 자체가 흡수단계에 있기 때문에 대공사장은 여자아이를 만드는 대공사장일 수밖에 없다. 나머지는 우리가 해야 할 일이다. 그녀가 무용수든, 철도원이든, 담배 밀수업자든, 크리스마스 진열장 전문가든 상관없이, 무슨 일이 있어도 이 매력적인 피조물이 삶 속에서 잘 출발하는 데 필요한 무기를 제공할 것이다. 우리는 24시간 내내 문을 여는 공짜 미니바가 될 것이다. 우리는 바이러스와 박테리아의 공격에 저항하는 첫 번째 열병식, 그녀의 연료, 식량, 매 순간의 위안, 최초의 경험, 기쁨에의 원초적 의존, 최초의 행복과 좌절의 원인, 최초의 쾌락주의 경험이 될 것이다. 우리가 갓난아이들의 비만증을 유발시키는 포화지방이 풍부한 동결건조 약용 우유를 사러 오밤중에 밖으로 나가야 하는 악몽을 주인에게 겪지 않게 할 것이라는 사실은 셈에 넣지 않더라도 말이다. 주인이 어려운 상황에 처해 있건 그렇지 않건 우리는 거기 있을 것이다. 그녀는 평범한 임신의 이름으로, 그러한 풍요와 어떤 배려를 누릴 자격이 있지 않은가? 우리는 그 배려를 여러분에게 맡긴다, 친애하는 젖가슴 동지들이여.

26

조슈는 뉴욕에 없다. 그는 부모님을 만나러 간다. 그는 더 크고 더 안락한 그의 아파트에서 지낼 것을 나에게 강하게 권한다. 그래서 나는 나의 미래를 허드슨강과 자유의 여신상과 중재시킬 수밖에 없다. 비록 이렇게 멀리 떨어진 자리에서 자유의 여신상이 나를 위해 변호해 줄 것이라고 생각하게 해주는 것은 아무것도 없지만. 에두아르는 이사했다. 나는 아파트를 바닥에서 꼭대기까지 청소한다. 내 손에 닿는 것은 전부 다 닦는다. 새로운 시트를 덮고, 나의 영역을 표시하고, 나의 영향력 구간을 넓히고, 내 물건들을 여기저기 흩어놓고, 나의 속옷과 클린징 로션, 방향제, 분, 살균제를 늘어놓는다. 나는 식민지를 건설한다. 나는 내 힘을 펼친다.

나의 어린 학생들이 나에게 왜 우느냐고 물을 때 나는 대답한다.

—왜냐하면.

그리고, 꽃집 앞을 지나가다가, 꽃을 한 다발 산다. 그리고는 몇 미터 가서 쓰레기통에 버린다. 나는 잼 속에 다리가 붙잡힌 파리들을 구해 주고는 이어서 더 확실하게 죽인다. 나는 우유 수프가 된다.

26 bis

대공사장이 열한 번 째 주에 접어들었을 때, 우리는 경악할 만한 대화를 들었다. 주인은 그녀의 집단의 무용수들에 둘러싸여 독무를 연습했다. 그들의 조언을 듣고 싶었던 것이다. 그들 중 하나가 말한다.

—무대 위에서 아이를 낳는 것은 어때? 바르브린, 아이를 낳는 것은 가장 대표적인 창조 행위, 모든 해프닝 중에서도 가장 래디컬한 해프닝이잖아.

—아이를 낳을지 아직 확신이 없어. 조슈는 떠난 뒤에 아무 소식도 없어. 그가 이 아이를 원치 않는다면, 그가 아이의 탄생으로 나와 이어지기를 바라지 않는다면, 내 생각대로 처리할 거야.

그녀는 또 말한다.

—나는 연골형성 초기 단계에 있는 유기체에게 집착하는 종류의 여자가 아냐.

이 단계에서 주인이 아직도 우리의 계획을 변경시키고, 우리의 임무를 무효화시킬 수도 있다는 것을 알고, 우리는 기절초풍할 정도로 놀랐다. 우리는 그 사실로 인해 헤아릴 수 없는 슬픔을 느꼈다. 우리는 불길한 계획을 세웠다. 블루 라인 기차 아래 뛰어들고, 센트럴 파크에서 벌거벗고 잠자면서 사이코패스를 기다리고, 총기, 비소, 검은 맘바뱀 독을 구입한다. 적절한 탈출 방법은 얼마든지 있었다.

우리는 시간이 우리에게 유리하게 돌아가기만을 기대하는 수밖에 없었다. 우리는 C 라인은 파업하고, 무기 상점은 문을 닫아서, 주인이 끝내 버리고 싶은 욕망과 상태를 유지하고 싶은 욕망 사이에 끼어 버리기를 바랐다.

27

입구에 그의 가방이 풀어 헤쳐져 있는 것이 보인다. 그는 옷을
잔뜩 쌓아놓고 그 아래 쪼그리고 있다. 그는 거친 소리를 내며 숨
을 쉬고 있다. 그의 눈썹이 꿀 색깔의 끈적거리는 액체에 달라붙
어 있다. 나는 땀범벅이 되어 있는 그의 이마에 한 손을 올려놓는
다. 열이 나서 그렇게 쪼그라들어 있는 그의 모습을 보니 기분이
좋다. 너무 약해져서 나에게서 도망치지 못하겠구나. 매력을 발
산하기에는 너무 마비되어 있다. 나는 그가 전염성은 없지만 무서
운 병, 꼼짝도 하지 못할 정도로 쇠약해지는 상당히 심각한 병에
걸려서 아이가 태어날 때까지 누워있는 것을 상상한다. 나는 내가
그런 상상을 하며 즐거워하고 있다는 사실에 놀란다. 대단한 그림

이다. 대단히 드라마틱한 힘이다. 그는 죽음의 공포에 직면해 있고, 나는 생명을 탄생시킬 준비를 하고 있다.

조슈는 힘들게 눈을 뜬다. 그가 내 얼굴에 손 하나를 기진맥진하게 올려놓는다. 가족을 만난 것을 고마워하는 침팬지 같다. 그는 그의 손이 내 배까지 흘러내리도록 내버려 둔다.

—왜 나에게 전화 안 했어?

—이틀 전에야 떠났어, 베이브.

—이틀? 정말? 그래도 전화하지 그랬어.

조슈는 심한 기관지염에 걸려 있다.

—일이 더 나빠질 수도 있어, 베이브. 〈댄스〉 첫 공연이 3주 뒤에 있는데.

내가 대답한다.

—정말 속상하네.

이 말은 이렇게 번역하시길. 나는 환희의 절정에 있다. 나는 또 말한다.

—뭘 하고 싶은지 얘기해 줘.

—아무것도, 베이브. 당신만 있으면 돼. 내 옆에. 하지만 너무 가까이는 말고… 아기 때문에.

나는 작업 중인 바이러스들 하나하나를 축복한다. 나는 그의 이불깃을 침대 가장자리에 접어 넣어주고, 코를 풀어주고, 먹이고, 체온을 재고, 마사지해 주고, 씻겨 주고, 신문을 읽어 수고, 머리를 빗겨 주고, 손톱을 다듬어 주고, 귀지를 파 준다. 나는 그 대신 전화를 받고, 그 대신 나에게 욕도 한다. 조슈는 온전히 나의 소유다. 오, 마법의 가래침은 훗날 나에게 이렇게 말하게 하리라. 우리 아기는 고약한 기관지염에서 태어났다고. 조슈는 사랑을 나누고 싶어 한다. 돌연변이 기관지염 바이러스 군단에 점령당해 있는 상태지만, 그의 막대기는 작동한다. 그는 집을 떠나 있는 동안 나를 배신하지 않았다고 맹세한다. 별일이다. 그런 생각은 내 머리에는 떠오르지조차 않았는데 말이다.

　나는 부모님에게 이 세상 누구도 행복한 일이라고 말하지 않을 사건을 알린다. 내가 너무나 불쑥 그 얘기를 꺼냈기 때문에, 부모님의 첫 번째 반응은 내 은행구좌로 돈을 보내시겠다는 것이었다. 재난 밖에는 보이지 않는 상황에서, 그래도 좀 나아진 걸 찾으시려고 애쓰시면서 어머니가 묻는다.

　―그럼, 춤은 그만둔 거니?

27 bis

대공사장 상황은 전반적으로 만족스럽게 진전되고 있었으나, 용감한 오른쪽 가슴으로서, 나는 유분비 호르몬과 젖꼭지가 처음으로 관계를 맺게 하는 데 어려움을 겪고 있었다. 시니스트르는 같은 문제를 겪지 않고 있었다. 나의 분비선 몇 개가 유방 축소 수술 시에 훼손되어 버린 것이다. 그 수술은, 어떻게 말해야 할까, 포유동물의 특성에 대한 이중의 범죄였다. 우리가 그 범죄로부터 살아남을 수 있을 것인지는 분명하지 않다.

나는 심각한 우울증에 빠져들었다. 언제나 복원 준비를 하고 있는 미세 세포 조직 활동의 조용한 능력을 믿기 힘들었다. 시니스트르가 강한 어조로 말했다.

—이봐, 덱스트르, 기운 내라고! 지금 시시한 유방 역할 하는 시점이 아니잖아!

그가 나를 그렇게 나무란 것은 옳은 일이었다. 왜냐하면, 어느 날 아침, 구슬처럼 동그란 방울 두 개가 내 젖꼭지에서 솟아나왔기 때문이다. 그때부터 내가 어느 가슴들처럼 제 역할을 수행할 수 있을 것이라는 예상은 분명해진 것 같았다.

그러고 난 다음, 우리의 유분비 호르몬들은 초유라고 불리는 노르스름하고 부드러운 투명한 액체를 분비하기 시작했다. 이 첫 번째 젖은 우리 옷의 옷감에 스며들어서 커다란 원을 만들기까지 했는데, 마르면 색깔이 진해져서 지나가는 사람들의 눈에 띄었다. 지나가다가 갑자기 호출을 받은 남자들은 우리의 젖을 욕망했다. 그들은 평소에 자신들의 주변화된 원시성에 별 관심 없이 지낸다. 그러던 그들이 갑자기 증권거래소의 소란 이전의 동물성으로 소환당하여, 젖을 빨고, 마시고, 퍼내고, 뽑아내고, 그들의 원시적 활동으로 돌아가고 싶어 한다. 우리는 그들이 원인(猿人), 보노보 원숭이, 검은 담비, 인도 돼지와 공통으로 가지고 있는 이 포유류의 경이로운 유산을 그들의 기억에 되돌려 줄 수 있다는 사실이 행복했다. 그러고 나서, 어떤 경고음으로 인해 질서로 다시 돌아간 그들은 눈길을 돌리고 가던 길을 간다. 그들의 일상으로, 작은 빌라들 안에서 보내는 밤들, 발기 부전 문제, 남자가, 오라비가, 남편이, 아들이, 아버지 되기의 실패로 돌아가는 것이다.

28

잠에서 깨어나면, 나는 나 자신의 팽창된 버전에 지나지 않는다.
킬로그램으로 측정되는, 굴곡을 가진, 화장실을 드나드는 육체. 다
음 순간, 기적 같은 에너지가 내 안에 흘러넘친다. 산이라도 들어
올릴 것 같다. 나는 경련도 피로도 느끼지 않고 춤을 출 수 있다.

저녁에, 〈댄스〉 공연을 마치고 나서 출연자들은 어떨 때는 밥
먹으러 가기도 하고 또 어떨 때는 시내로 외출하기도 했으므로,
조슈는 종종 새벽에 들어왔다. 그를 기다리는 동안, 묘한 액체가
내 핏줄 속에서 돌기 시작한다. 그 액체는 자기애적인 애무를 나
에게 요구한다. 그리고는 나를 텔레비전 프로그램 한복판에 집어
던진다. 나는 로버트 드 니로, 익수룡들, 바르바바파, 플람 선장과

사랑을 나눈다. 나는 기요틴 앞에서 독일어를 하는 로베스 피에르와 사랑을 하고, 힌디어 자막이 붙은 웨스턴 한가운데에서 즐거워한다. 나는 앨커트래즈 감옥 전체를 치고 돌아다니고, 피츠버그 스틸러스 슈퍼볼 선수들이 나를 잡아가도록 내버려 둔다. 나는 토스터를 파는 텔레마케터와 육체관계를 맺는다. 내가 소속되어 있는 예술가 집단에게 그런 이야기를 하면, 그 얘기가 흥미롭다는 사람이 언제나 한 사람은 있다.

어떤 날에는, 이야기하기 쑥스러운 욕망이 생겨나기도 했다. 나는 어떤 가게 진열장에서 아주 멋진 속옷을 보고 반해서 멈추어 섰다. 그 속옷은 투명한 부분과 가짜 진주들과 진짜 실크 매듭으로 장식되어 있는 불투명한 부분으로 이루어진 조그만 보라색 속옷이었다. 나는 무너졌다. 속옷의 무신론자였던 나, 섬세한 속옷 안티인 천민이었던 나는, 코르셋과 끈을 다른 사람들이 대상포진을 바라보듯 바라보았었다. 가장 놀라운 것은, 내가 그 속옷을 샀을 뿐 아니라, 아파트에 돌아와 서둘러 입어보기까지 했다는 사실이다. 그것은, 애무를 백 배쯤 강하게 느끼게 만드는 이 파괴적인 자위 충동을 단호하게 끝내 버리겠다는 결심에서 나온 행동이었다. 모든 것이 끝난 다음, 나는 내가 나의 배라는 항성을 무기력하게 돌고 있다고 느낀다. 나는 내가 빠져 있는 세계에 대한 아무 생각도 없이 세계의 물 안에 둥둥 떠서 잠이 든다.

28 bis

첫 번째 긴장이 나타났을 때, 대공사장은 공정이 반쯤 진행되어 있는 상태였다.

래디컬한 자유주의자답게 두 눈이 항의했다. "도대체 비타민 E 는 어디 간 거야?" 새로운 적혈구를 만드는 데 애를 먹고 있는 척 수 하나가 물었다 "어떤 놈이 철분 강도질에 책임 있는지 말해 줄 친구 없어?"

중요한 요소들뿐 아니라, 근육, 힘줄, 손톱, 머리카락, 이빨들이 사용하는 자원까지 거의 독점하고 있는 자궁은 자신의 책임이 막 중하다는 점으로 그 상황을 정당화했다. "나는 지금 몸에서 제일 큰 세력이야. 나는 태어날 아기라는 최고의 무기를 가지고 있다고." 이 철저한 자원 압수는 몸의 전체적인 활기를 희생시키면서 이루어졌다. 물자 보급 안에서 우선권을 가지고 있기는 했지만, 우리도 물자 부족을 겪었다. 예를 들어서 우리의 피부 구조가 빈약해져서 망가지기 시작했다. 우리의 화사한 85 C는 난감한 피부 파열로 고통을 겪었다.

신체 기관 안에서 우리의 온당한 위치를 방어하기 위해서, 나와 시니스트르는 플라톤, 데카르트, 스피노자, 칸트와 실존주의 철학자들로부터 영감을 얻어,『젖가슴 대화록』,『젖가슴 방법론 서설』,『젖가슴 윤리학』,『젖가슴 순수이성비판』,『젖가슴의 사실에 대한 이해의 변혁 개론』,『젖가슴의 시지푸스 신화』,『젖가슴 권리의 세계 선언』의 작성을 시도했다.

동시에, 우리는 주인을 서포트해야 했다. 그녀는 경막 외 마취가 올 때까지 춤을 추기로 작정한 것처럼 보였다. 그녀는 분만 체조 강습을 듣는 것을 거부하고, 그녀의 팀과 함께 연습하는 데 대부분의 시간을 보냈다. 그녀는 그러한 종류의 수업은 전혀 필요 없다고 주장했다. 분만? 쉬운 일이야!

브로드웨이에서 공연된 〈댄스〉의 객석은 만원이었다. 조슈가 공연에서 돌아오면, 주인은 그가 다시 병에 걸려서, 그녀가 그렇게 사랑했던 기관지염 걸린 얌전한 브로콜리가 되었으면 좋겠다는 희망을 가지고 창문을 활짝 열어놓았다. 〈댄스〉의 어마무시한 성공을 마주한 그녀는, 어느 날 그가 순회공연을 떠나게 될까봐 겁을 먹었다. 그녀는 바람이 쌩쌩 들어오게 하고, 알람을 고장 내놓고, 신선도가 의심스러운 중국 만두를 내왔다. 그러나 그 어느 것도 그를 붙잡아둘 만큼 나쁜 결과를 가져다주지 않았다. 어느 날, 조슈는 우리의 초유를 맛보더니, 달콤하고 약간 아몬드 맛이 난다고 표현했다. 우리는 준비된 것이다.

29

나는 부서지고 소진되어 있다. 골수의 실체가 내 몸에서 빠져나가 버린 것 같다. 나는 당황하고 있다. 나 자신의 서쪽에서 가장 서쪽인 지점에 있다. 머리는 세 번째 카페에서 아직도 거꾸로 있다. 나의 후 각이 나에게 장난질을 친다. 핫도그 상점 앞을 지나가는데, 노르망 디의 외양간 냄새가 난다.

오늘 나는 브로드웨이 541번지에서 〈텅 빈 공간에 있는 우주의 아 기〉라는 독무를 선보였다. 다듬어야 할 몇 개의 디테일이 아직 남아 있기는 하지만, 춤은 좋았다. 저드슨 메모리얼 처치의 먼데이스 이 브닝스 프로그램이 정해지기 전에 분만을 하게 된다면, 나의 뱃속에 아기가 들어 있는 것처럼 보이게 하는 의상이 필요할 것이다. 나는 점액으로 채운 생일 풍선이 적당하다고 생각하고 있다. 탯줄로 사용할 싸구려 전기 케이블을 파는 도매상도 하나 보아 두었다.

조슈는 점점 더 늦게 들어온다. 그는 이불 안으로 미끄러져 들어와서는, 내 몸에 자기 몸을 밀착시키고는, 자기가 생각해 두었던 아기 이름들을 주워섬긴다. 그는 마치 우리가 완벽하게 정상적인 부부이기라도 한 듯이 그 이름들을 제안한다. 마치 전철 타고 - 일하러 갔다가 - 집에 와서 잠자고 - 우리 딸 이름을 뭐라고 부를까? 라고 의논하는 부부처럼 말이다. 종종 나는 우리의 성장 지연, 헤아릴 수 없는 미성숙에 대해, 우리를 미래로 함께 내던지는 대책 없는 무능력에 대해 다시 생각해 본다.

29 bis

우리가 애비뉴 C를 걸어가고 있었을 때, 미지근하고, 부드럽고, 우호적인 액체가 넓적다리 사이로 흘러내렸다. 뇌는 그가 늘 그렇듯이, 조금 뒤늦게—게다가 뇌는 그가 한번도 경험해 본 적이 없는 것은 잘 알아차리지 못하는 경향이 있다—스물한 살에 어떻게 이렇게 오줌을 흘릴 수 있다는 말인가라는 의문이 떠올랐다. 골단(骨端) 횡근과 제 5 요부(腰部) 사이의 경계선을 이루고 있는 곳에 통증이 느껴졌다. 결장이 자궁의 움푹 파인 근육의 세 배의 층과 함께 경련했다. 자궁막이 뒤로 물러났다. 출산 신호가 왔다. 우리 꼬맹이가 길을 떠났다. 첫 번째 수축이 일어났다.

우리는 헐떡이며 택시를 잡아탔다. 자동차 시트를 더럽히지 않으려고 노력하면서 적절한 자세를 취해 보려고 노력했지만 소용 없는 일이었다. 택시 기사는 주인이 그에게 가르쳐준 병원 주소를 파악하려고 애쓰면서도 백미러로 우리를 감시했다. 다른 상황에 서였다면 냉정함을 유지했겠지만, 자궁이 해산 의지를 피력했기 때문에, 우리는 선두 그룹의 마라톤 주자처럼 헐떡거리고 있었다. 우리가 병원에 도착하자, 괄약근의 긴장이 풀리고, 경부가 넓어지고, 방광은 암모니아 액체와 뒤섞인 비밀스러운 액체를 조금 밖으로 내보냈다. 암모니아 액체가 바닥에 쏟아졌다. 두 다리는 휘청거리고, 땀 분비 호르몬은 체온 강하 시스템을 최대치로 작동시켰다. 전성기의 할리우드에서처럼 거대한 동시화 작업이 이루어지고 있었다. 우리는 접수처 카운터 위에 희망으로 부푼 우리의 공두 개를 올려놓았다. 우리는 가쁜 숨을 몰아쉬었지만, 헐떡거리지는 않았다. 조금씩 숨을 아껴서 몰아쉬면서, 병원 직원들의 감탄에 찬 눈길을 우리에게 끌어당기면서. 적어도 몸의 한 부분은 약간이라도 섹스어필의 매력을 보존하고 있어야 하니까.

서두르느라고, 주인은 조슈에게 알리는 것을 잊었다. 그녀는 극장으로 전화를 걸었다. 전화벨이 30번이나 울리고 나서야 수위가 수화기를 집어 들고 귀찮아 죽겠다는 듯한 목소리로 "여보세요"라고 말했다.

─안녕하세요, 조슈 레제와 통화하고 싶은데요… 예… 루친다… 예… 그래요… 〈댄스〉 공연 팀이요…

우리는 수위가 발자국을 울리면서 홀까지 달려가고, 여덟 명의 무용수가 동작을 멈추고 수위의 입을 바라보는 것을 상상했다. 수위가 이렇게 답하기 전까지는 말이다.

　—오늘은 아무도 없는데요. 오늘은 휴관이에요. 내일 다시 전화
하세요.

　—통화 오래 하실 건가요?

　간호사 한 사람이 큰소리로 외쳤다. 그녀에게는 무심한 인류에
게 전해야 할 긴급한 메시지가 있는 것이 분명하다.

　우리는 수화기를 손에 든 채 벽에 기대어 미끄러졌다. 자궁 경
부가 타일 바닥 몇 센티미터 위에 있었다. 주인이 절망하고 있는
것을 보고, 간호사는 숙련된 짧은 연설을 주인에게 베풀었다. 어
머니 한 명이 산부인과에 올 때마다 그녀가 시전하는 연설이었다.

　—무슨 일이에요? 아기를 가진 게 기쁘지 않은가요? 분만 도중
에 아기가 죽어 버리기를 원하세요? 당신은 아버지 없는 아이를
낳는 첫 번째 여성도 아니고 마지막 여성도 아녜요. 내 말을 믿으
세요. 지금은 절망할 때가 아녜요. 서둘러야 해요. 자, 얍, 얍, 얍,
일어나요. 그리고 시작합시다!

　우리라고 해도 그녀만큼 잘 말하지는 못했을 것이다. 서두르자.
일어나라. 시작하자. 우리 주인에게 너무나 익숙한 이 명령어들
은 그녀를 즉시 일으켜 세웠고, 분만이 무엇보다 먼저 하나의 퍼
포먼스이며, 더 나아가, 그녀가 그것으로부터 다음번 공연을 위한
영감을 얻을 수 있는 육체적 오디세이아라는 것을 환기시켜 주었
다. 이 새로운 시각이 그녀를 변화시켰다.

　우리는 다른 여성들이 위생 종이가 덮여 있는 인조가죽 침대에
누워 기다리고 있는 분만실로 갔다. 가장 나이 어린 산모는 열 네

살이었다. 무릎을 배에 대고 굽히고 있는 그녀들은 겁에 질려 있는 것처럼 보였다. 나이가 더 많은, 그리고 분명히 초산이 아닌 것으로 보이는 다른 산모는 요리책을 읽고 있었다. 그녀는 활짝 피어난 젖가슴을 가지고 있다. 우리는 그 가슴들에게 질문을 던지고, 몇 가지 충고를 얻고 싶었지만, 그들은 파이 레시피에 푹 빠져 있었다.

우리는 수축의 파도를 함께 느꼈고, 골반 연골조직이 느슨해지고, 경부가 팽창하는 것을 느꼈다. 자궁의 작업은 미묘하고, 섬세하고 능란했다. 붙잡으면서 동시에 밀어내야 했고, 지렛대의 효과를 만들어내야 했고, 서두르지 않으면서 분만을 준비해야 했고, 자궁벽 조직이 너무 빨리 균열을 일으키지 않도록 조건이 갖추어질 때까지 기다려야 했다. 예술가의 작업이다. 그 병원은 꼭 필요한 경우가 아니면 제왕절개 수술은 하지 않았다. 그것은 미국 병원으로서는 예외라고까지 말할 수는 없다고 해도 드문 일이다. 주인은 자기 자신의 힘만으로 분만해야 한다는 것을 명예롭게 여겼다.

들것 운반인 한 사람이 우리를 빛이 아주 밝은 방으로 데리고 갔다. 옛날의 나쁜 기억이 떠올라 우리는 의구심에 사로잡혔다. 그러나 벌써 산파 두 사람이 몸을 숙이고 침대를 기울였고, 우리를 반쯤 앉은 자세로 앉힌 다음, 두 발을 발받침에 고정시켰다. 그런 다음 곧 네 사람이 넓적다리 사이에서 바쁘게 움직였다. 매우 성능이 좋은 가슴 장식을 가지고 있음에도 불구하고, 우리가 언제나 게으르다고 생각했던 주인을 비난하면서, 우리는 전속력으로 터빈을 돌렸다. 우리는 승모근이나, 견갑극(肩甲棘) 밑의 근육들, 늑골거근(鋸筋) 만큼이나 성능이 좋다.

몰랑몰랑하고, 끈적거리는 진홍빛 살로 된 공 하나가 모습을 나타내더니 날카로운 소리를 질렀다. 작은 여자 꼬맹이는 완전히 형편없는 모습이었다. 아름다움도, 천진함도, 부드러움도, 매력이나 참을성도 가지고 있지 않았다. 씻겨 놓으니 좀 나아 보이기는 했지만, 여전히 무섭고, 미리 늙은 듯한 모습이었다. 그녀의 작은 진홍빛 입술만이 제대로 된 모양을 가지고 있었다. 마치 아홉 달 동안 흔들리는 물속에 잠겨 있으면서 오직 우리를 마시려는 생각밖에 하지 않은 것 같았다. 그 점이 우리를 기쁘게 해주었다.

30

.

내 딸을 위한 나의 첫 번째 말들은 음표다. 내 턱에 머리를 웅송
그린 아기는 빠른 숨소리의 템포로 나를 향해 있다. 솔렌. 아기의
아버지는 나중에 술라인이라고 불렀다. 내가 아직도 순진하게 조
슈가 아버지 역할을 할 것이라고 믿었던 때 우리 두 사람이 나열
했던 수십 가지 이름들에 대해서는 아쉽지만 하는 수 없다. 지하
철역에서 대화를 나누다가 우연히 주운 이름 솔렌. 솔렌은 나에게
운율적 아름다움을 넘어선 아무것도 환기시키지 않는다. 그것이
바로 내 마음에 드는 점이다. 솔렌. 검으으으으으은 8분 음표.

간호사 한 사람이 오는 바람에 나는 행복한 상념에서 뽑혀 나온
다. 나는 그녀가 온 김에 물어본다.

—아기가 배고픈 걸 어떻게 알 수 있나요?

—첫 아기세요?

—예. 아기를 이렇게 가까이에서 본 것도 처음이에요.

—아기에게 젖을 곧장 물리셔야 해요. 아기가 울 때까지 기다리실 필요 없어요.

아기에게 젖을 물리라고? 그 표현이 나에게만 해당되는 것이라면, 나는 내 아기에게 두 개를 물릴 거야. 아가, 맨날 물고 있으렴. 다 먹고 나면, 네가 하고 싶은 대로 하렴. 장롱에 정리해 넣든지.

간호사는 내 눈 아래에서 플라스틱과 고무로 만들어진 끔찍하게 기분 나쁘게 생긴 펌프를 하나 흔들며 설명해 준다.

—이게 당신의 젖 뽑개예요.

젖 뽑개라니. 여성들에 대해 말하는 끔찍한 방법이다.

—처음 며칠 동안은 젖이 올라오게 만드는 데 아주 유용할 거예요.

젖이 올라오게 한다고… 나는 우유로 가득 찬 냄비가 부글부글 끓고 있는 장면을 상상한다. 우유가 흘러넘친다. 우유가 지나간 자리에 기름지고, 지저분한 형태 없는 막이 하나 남는다. 간호사는 설명을 계속한다.

—이 빨판을 가슴 위에 올려놓으세요… 이렇게…

그녀는 그 기구의 성능을 증명하기 위해서 자신의 가슴을 이용한다. 그것이 어떻게 작동하는지 나에게 보여주려고 가운 위에 빨판을 가져다 댄다.

—자, 보세요, 이게 펌프예요.

그녀는 설명의 클라이맥스로서 고무로 된 배(梨)를 흔들다가, 그것을 손바닥으로 막고 리듬에 맞추어 누른다. 흠, 푸슈, 흠, 푸슈, 흠, 푸슈, 흠, 푸슈.

—보셨죠, 이렇게 하면 이 기구가 당신에게서 젖을 뽑아내는 거예요.

나에게서 젖을 뽑아낸다고? 나는 간호사를 안심시키고, 그녀의 설명에 대해 내가 얼마나 고맙게 생각하고 있는지 알려 주고, 그러나 기구 없이 해나가고 싶다고 서둘러 말한다.

—원하시는 대로 하세요.

그녀는 그렇게 대답했지만, 실망한 기색을 숨기지 못한다.

이제 남은 것은 고무 펌프를 이용해서 나에게서 '젖을 뽑아내는 것'과, 솔렌을 통해서 그렇게 하는 것 중에서 내가 어느 것을 더 좋아하는지 알아보는 일이다.

나는 곤충학자들이 표본을 다룰 때 하는 것처럼 아주 조심스럽게 내 딸을 품에 안는다. 그녀는 혼자서 유방까지 가는 길을 찾아내더니, 얼른 덥석 문다. 허공을 향해 격렬한 부름을 발하면서, 배고픈 아기는 빨판처럼 움직인다. 그녀의 입술은 내 유방을 집게처럼 물고 있다. 따뜻한 젖의 강 대신에, 어떤 찌릿찌릿한 흐름이 살 속 깊은 곳으로부터 올라와 피부 표면을 관통하더니, 젖꼭지를 아프게 한다. 나는 얼굴을 찡그린다. 간호사는 웃음을 거두고 그녀의 젖뽑개를 들고 자신의 임무로 돌아온다. '젖 먹는 도우미' 또는 '갈증 해소 도우미' 같은 기구를 사용할 수는 없는 걸까? 젖은 찔끔찔끔 한 방울씩 나온다. 아기가 젖을 빨 때마다 최후통첩이 발해지고, 불충분함의 조종이 울리고, 나는 이 살겠다는 갈망을 위한 충분한 젖을 가지고 있지 못한 무기력한 어머니라는 느낌이 든다. 솔렌은 자지러지게 운다. 솔렌은 수문을 열어 달라고 요구하면서 빨아댄다. 나는 아기를 다른 가슴으로 데려간다. 아기의 입은 더듬고, 탐색하고, 입술 근육이 더 이상 움직일 수 없게 될 때까지 자신의 몫을 빨아낸다. 아기의 입술은 밀려오는 잠을 이겨낼 수 없어 지쳐서 풀려 버린다.

그러나 계속 연습을 하다 보니, 수유는 보다 규칙적이 되고, 더 나아지고, 더 확실해진다. 솔렌의 호흡은 싱코페이션 리듬에서 두 박자 리듬으로 바뀐다. 수유는 힘들지만 불쾌하지는 않다. 나는 거의 익숙해진다. 내가 임무를 다할 수 없을지도 모른다는 두려움이 사라지자, 다른 두려움이 생겨난다. 큰 젖가슴 때문에 내가 겪는 곤란이 엄마의 젖을 통해 아이에게로 옮겨가는 건 아닐까?

30 bis

그리하여 우리는 베르사유 궁전의 분수가 무색해질 정도로 우아하게 솟아오르고, 쏟아내고, 물을 뿌리고 적셨다. 우리는 좋은 유성분과, 미네랄, 단백질을 넉넉하게 베풀었다. 우리의 귀중한 즙은 목구멍의 가파른 경사를 따라 내려가는 식탐 많은 갈망에 부응하면서, 끊임없이 새로워지는 즐거운 축제 안에서 분배되었다. "축제가 끝나지 않기를!" 우리는 우리의 젖에 기대어 그렇게 외쳤다. "여왕은 주무시고 계시는가? 여왕께서 식사하시기를 원하시는가?" "폐하, 이 건축물의 가슴 하나가 대령했사옵니다!" 그리고 우리는 어렵지 않게 아기의 호의를 얻었고, 매번의 식사를 연거푸 들이키고, 잔치를 벌이고, 과음하고, 살아있다는 단 하나의 기적을 축하하는 구실로 삼았다. 마드무아젤의 최고의 요리사인 우리는 그녀에게 아무것도 부족한 것이 없도록, 신성한 수프에 가장 좋은 재료가 들어가도록 세심한 주의를 기울인다. 다음번 수유까지 비는 시간에는 다음번 연회를 준비한다. 그리고 우리는 위로 튀어나온 존재에서 흘러넘치는 존재가 되었다. 솔렌은 언제나 더욱더 큰 열정과 조바심을 가지고 그 흘러넘치는 강의 끝에서 우리를 찾는다. 솔렌은 욕심쟁이였다. 그녀를 만족시키기 위해서는 우리는 주머니쥐 젖처럼 열 세 개이거나, 아프리카 쥐처럼 스물네 개여야 했을 것이다.

우리는 하루에 여섯 차례의 수유를 통해 솔렌에게 양분을 공급했다. 우리는 왼쪽에서 오른쪽으로 옮겨가며, 늘 이 순서를 지켰다. 마치 첫 번째 수유가 손댈 수 없는 신성한 제의의 바탕을 제공하기라도 한 것처럼 말이다. 솔렌은 우리의 귀중한 즙을 덜 허겁지겁 빨아 먹는 방법을 배웠다. 쉬는 시간에, 유당 여과 작업이 시작되고, 우리 비축분이 다시 채워지고 있는 동안, 나와 시니스트르는 긴장 완화를 위한 철학을 준비했다. 시니스트르가 그의 깊은 생각을 말했다.

—행복이란 그걸 나눌 때 더 커지는 그 무엇이야.

우리는 농담을 주고받고, 수수께끼 놀이를 했다.

—두 개의 가슴이 배를 탔는데, 가슴 하나가 물에 빠졌어. 다른 가슴이 어떻게 했게?

우리는 다음번 수유 때까지 "행복은 라운드티 안에 있다" 같은 외우기 쉬운 짧은 문장들을 만들어 냈다.

밤이면, 어두움으로 인해 그 공격성이 사라져 버리는 병원의 웅웅대는 기계음을 들으면서 우리는 솔렌에게 젖을 먹이면서 졸음에 빠지고는 했다. 새벽이 되면, 엉겨 붙은 얇은 막이 잠든 우리 꼭지 위에 덮여 있었다. 우리는 꼬맹이가 첫 번째 옹알대는 소리를 내며 잠에서 깨어나기를 기다렸다. 그것은, 이론의 여지 없이, 우리의 가장 아름다운 시간이었다.

31

드디어 조슈가 다시 나타났다. 아파트가 비어 있는 것을 보고, 그는 아직도 다른 여자의 냄새가 배어 있는 상태로, 택시를 잡아타고 헐떡거리며 병원 입구에 모습을 나타냈다. 마치 몇 분 사이에, 그것이 무엇이든, 우리가 처해 있었던 상황이 변할 수 있다는 듯이 말이다. 그는 나의 눈길을 찾는다. 그러나 그는 여전히 나의 눈길을 기다릴 수 있다. 나는 간호사를 부르고, 어떤 낯선 남자가 지금 막 내 병실에 들어왔으니 경찰을 불러서 그를 쫓아내는 것이 좋겠다고 말하려고 한다. 내가 초인종을 세게 누르고 있는 동안, 조슈는 요람으로 다가가더니 솔렌을 들여다보고 있다. 나는 그가 내 딸 위에 몸을 기울이고 있는 것을 보면서, 내가 그에게 해주려고 별렀던 거친 말들의 수류탄 핀을 뽑을 준비를 한다. 간호사가 들어오더니 꼼짝도 못 하고 서 있다. 한 남자가 아기를 DHL 상자처럼 들고 서 있다. 그녀는 그가 차라리 존재하지 않았으면 좋았을 것이라고 생각한다. 그녀는 통계에 따라, 아버지 둘 중 하나는 신통치 않다는 것을 알고 있다. 그녀는 여성들이 무능력한 아버지의 불확실한 도움에 기대느니 차라리 혼자서 해나가는 것이 낫다고 생각하고 있다. 나는 그 모든 것을 간호사의 눈에서 읽을 수 있다. 그녀는 공유된 무책임함보다 더 나쁜 것은 없다, 라고도 생각하고 있다.

—안녕하세요.

조슈가 여자들을 항복시키는 미소를 지으며 말한다. 그러나 간호사는 얼음처럼 차갑다. 그녀는 아기를 다루는 방법을 가르쳐 주고 싶어서 죽을 지경이다. 언제나 아기의 머리를 받쳐 주어야 하며, 아기가 등뼈를 곧게 유지하도록 주의해야 하며, 코나 입이 막히지 않도록 조심해야 한다. 그러나 그녀는 침착한 태도를 유지하기 위해 침대에 매달려 있는 차트에 무엇인가를 쓰더니 한마디 말도 없이 병실을 나가 버린다.

아버지의 임무라는 당황스러운 감정을 느끼며, 조슈는 솔렌을 요람에 내려놓는다.

내가 묻는다.

—어디 갔었어?

그는 진심으로 부끄러워 어쩔 줄 모르는 것같이 보인다.

—베이브, 당신이랑 나는 출산일이 2주 뒤인 걸로 확신하고 있었잖아. 그지?

―내가 물어보는 말 못 알아들었어? 어디 갔었어?

솔렌이 요람에서 깊은 한숨을 내쉬었다. 우리의 관심이 온통 거기에 쏠린다.

내가 마침내 말한다.

―당신 누구 있어?

―내가 설명할 때까지 좀 기다려 줘.

조슈는 내 질문을 굳이 부인하려고 하지도 않는다. 그의 평소의 느릿느릿한 말투 외에도, 그의 목소리 안에는 돌이킬 수 없음을 나타내는 매우 특별한 어조를 가진 무엇인가가 있다. 그 무엇인가가 말한다. "나는 아직도 당신에게 큰 애정을 느끼고 있어. 그렇지만…" 내 머릿속에 여러 얼굴들이 나타나 원무를 춘다. 조슈의 새 연인이 루친다 팀의 여자 무용수일 가능성은 별로 없다. 나는 오히려 우리가 만나기 전에 그가 만났던 여자들일 것이라고 생각한다. 티슈 학교 여학생들, 비디오 아티스트들, 이스트 빌리지 창작 스튜디오에 열심히 드나드는 여성 공연예술가들. 그가 내 생각을 읽었는지, 화제를 바꾸려 한다.

―솔렌, 너무나 아름다운 이름이야. 베이브, 난 정말 자랑스러워. 당신이 그걸 알아주면 좋겠어.

아니, 정확하게 말해서 잘 모르겠어. 말해 봐, 조슈. 우리는 이제 어떻게 되는 거지? 그건 그냥 막간공연이었던 거야? 우리는 2막 공연을 이미 시작한 거야? 당신은 왜 돌아왔어? 긴 침묵을 깨면서, 솔렌이 요람에서 소스라치게 놀랐다. 어쩌면, 이 순간, 이 방에서, 눈에 보이지 않는 감정들의 얽힘 안에 그녀의 운명이 관여

되어 있다는 것을 알고 있었는지도 모른다. 조슈는 얼른 솔렌을 안아 올려 그녀의 작은 머리를 자기 어깨에 올려놓았다.

—배가 고파서 그래.

나는 아기를 다시 데려올 다른 핑계가 떠오르지 않아 그렇게 말한다.

아기의 운명이 아기의 잠을 깨웠다. 부모님은 서로 사랑하는지? 그들은 함께 살게 될까? 그들은 그녀를 사랑할까? 소홀히 다룰까? 포기할까? 이 짧은 설명들의 얽힘 안에 그녀의 삶 전체가 걸려 있는 것이다. 나의 분노를 설명할 수 없다는 사실에 대해 점점 더 심한 좌절감이 느껴진다. 조슈에게 욕을 퍼붓고, 가버리라고 말하고, 나는 유럽으로 돌아갈 것이며, 그가 다시는 그의 딸을 보지 못하게 될 것이라고 말해야 한다. 나는 그의 새 애인을 비난해야 한다. 그런데 무엇인가가 내가 폭발하지 못하도록 막고 있다. 나는 조슈가 다른 누가 아니라 나를 선택했다는 사실을 머리에서 지워버리지 못한다. 이 아이가 내 아이가 아니었다면, 그가 결코 아이를 받아들이지 않았을 것이라는 사실을.

—그 여자를 사랑해?

내가 묻는다. 조슈의 목소리가 바뀌더니 우물쭈물 대답한다.

—있지, 당신에게 진작 말했어야 했는데, 그런데 확신이 없어서… 이해하겠어?

—뭘 확신해, 조슈? 그 여자를 사랑한다는 거? 아기를 원한다는 거?

—남자들을 사랑한다는 거.

내 안의 어떤 부분은, 비록 그것이 작은 부분이라고 해도, 그런 의심을 품고 있었다. 왜냐하면 나는 이렇게 되물었기 때문이다.

—에두아르?

에두아르, 공기 같은 남자, 보이지 않는 남자, 응답기의 목소리. 에두아르, 한밤중에 들이닥쳐 분위기를 깨는 사람. 문 닫는 것을 잊어버리고는 새벽에 연기처럼 사라져 버리는 남자. 에두아르는 "그의 모든 자리를 우리 커플"에게 넘겨주기 위해 조슈와 공유하던 '다락방'을 떠난 직후에, 챔버스 스트리트에 있는 한 건물에서 집들이를 했었다. 에두아르는 다른 사람들이 나에게 관심을 보이며, 임산부의 배를 만지면 행운이 온다는 속설에 따라 내 배를 만져도 되느냐고 물으면 조금 화를 냈었다. 에두아르는 세심하게 나를 피했다. 그는 언제나 테이블 다른 쪽 끝, 방의 맞은편 구석, 레스토랑 가장자리, 테라스 구석배기에 있었다. 그는 사라졌다가, 마법사나 충실한 조수처럼 조슈와 함께 다시 나타나고는 했었다.

31 bis

베르사이유 세리모니는 다우닝 스트리트에서 열리는 티타임의 차분함을 획득했다. 오늘까지도 우리는 우리의 젖이 꼬맹이의 성격을 형성한다고 생각하는 자부심을 가지고 있다. 석 달째부터 수유는 뜸해졌고, 우리는 분유와 병 이유식 공급업자들과 경쟁 관계에 돌입했다. 소송을 피하기 위해서 분유와 이유식 상표는 언급하지 않겠다. 봄에는 특히 햇빛이 좋았다. 주인의 부모님도 방문했고, 센트럴 파크에서 아름다운 산책도 했고, 포장마차도 여러 번 탔고, 온갖 종류의 축하도 받았고, 기쁨의 환호성도 질렀고, 그리고 우리의 젖에 관한 멍청한 여러 가지 충고도 들었다. 넷째 달이 끝나갈 무렵에, 주인은 〈텅 빈 공간에서의 우주적 베이비〉의 결정판 공연을 위한 날짜를 여럿 제안받았다. 먼지가 잔뜩 낀 숨 막히는 날씨가 여름을 예고하고 있었다. 주인은 순전히 개인적인 목적으로 몸을 다시 만들기 위해 조바심을 내고 있었다. 그녀는 '수도꼭지를 잠그기로' 결심했다. 우스꽝스러운 표현이다. 왜냐하면, 누구나 다─적어도 우리 이야기를 읽은 사람들은─우리가 수도꼭지보다 한없이 더 섬세하다는 것을 알고 있기 때문이다.

우리가 겪은 솔렌과의 갑작스럽고 철저하게 비유방적인 결별을 표현하기 위해서, 우리는 사람들이 아이를 우리에게서 끌어내고, 갈취하고, 빼앗고, 뽑아내고, 강탈했다고 이야기할 것이다. 우리에게서 솔렌을 빼앗아 감으로써, 사람들은 우리에게서 존재 이유를, 우리가 그것을 위해 만들어진 기능을, 생애 전체의 목적을, 그것을 위해 우리가 만들어진 직무를 빼앗아 버렸다. 우리는 예고 없이 해고당했다. 사람들은 우리의 비축분이 아무 가치도 없는 것처럼 썩게 만들었다. 사람들은 우리에게서 방문할 권리를 빼앗았다. 사람들은 우리가 무용한 존재라는 것을 알게 만들었다. 사람들은 우리를 기술적 실업 상태에 빠뜨렸다. 사람들은 우리를 서둘러서 천박한 과일 콩포트, 약국에서 파는 보다 실용적인 시금치-당근 퓌레로 바꾸었다. 사람들은 우리를 다시 가난한 변방으로 취급했다. 그렇게 우리의 황금시대는 시작되자마자 즉시 저물었다.

32

주인이 설명한다.

—여섯 명의 여자 무용수들이 5각형으로 배치되어 있는 의자에 앉아 있어. 그녀들의 가슴 위에는 조그만 분홍 풍선들이 달려 있어. 그녀들이 숨을 들이쉬면, 풍선들이 빵빵해지고, 숨을 내어 쉬면 바람이 빠지는 거야. 처음에는 블루베리만큼 조그만 했던 풍선들은 그녀들이 숨을 들이쉴 때마다, 무용수들의 흉곽 움직임에 맞추어 점점 더 커져. 조금 뒤에 여자들은 그녀들의 가슴-풍선에 의해 의자 위로 들어 올려져. 그녀들의 발이 가볍게 바닥에서 떠올라. 풍선-가슴은 무용수들보다 훨씬 더 커져…

—날아 간다구? 가슴에 의해 날아간다는 거지? 내 말이 맞아?

—응. 그녀들의 신체 구조에서 가장 무겁다고 여겨졌던 것이 가장 가벼운 것, 그녀들의 비상에 필요한 요소가 되는 거지.

—아, 좋다!

—『티레시아스의 젖』[60]을 현대적으로 변형시킨 거야.

—제목은 생각해 봤니?

—『큰 가슴의 발레리나』.

—어떻게 끝나는데?

—마지막에 가슴이 폭발해 버려. 그래서 여자들이 가슴들로부터 영원히 해방되는 거지. 막이 내려.

메릴이 곰곰 생각에 빠진다.

—몇 가지 기술적인 문제들을 해결해야 돼. 무용수들을 어떻게 날아가게 만들 건데? 도구를 사용할 거야? 풍선으로는 충분치 않을걸. 하지만 방법을 찾아낼 수 있을 거야. 확실해.

나는 방법을 찾을 수 있다는 걸 알고 있었다, 알고 있었다, 알고 있었다, 알고 있었다. 결코, 결코 포기하지 않을 것이다. 마지막 숨결을 거둘 때까지 싸울 것이다.

—고마워, 메릴!

—서로 의논하도록 하자.

그녀가 생각을 바꾸기 전에, 나는 그녀와 작별 인사를 한다. 켈시 거리에서 바쁘게 걸어가는 행인들의 안무에 인사를 보내고 내

---

60 프랑스 시인 아폴리네르의 희곡(1917). 그리스 신화의 가장 유명한 장님 예언자인 테베 출신의 티레시아스 이야기에서 영감을 받은 작품. 티레시아스는 남성들 사이에서 힘을 얻기 위해 7년간 여성으로 변신했던 적이 있다. 아폴리네르는 이 작품에서 페미니즘과 전쟁 반대를 표방한다. 첫 공연은 1차대전에 대한 암시 때문에 큰 반향을 불러일으켰다.

신발에 가득 차는 빗물을 축복한다. 인간 행동의 물결은 무심하고 객관적으로 펼쳐진다. 나의 수고로움의 스크린 위에 빛나는 전구로 쓰인 몇 마디 말이 펼쳐진다. 〈큰 가슴의 발레리나〉, 바르브린 블랭 안무. 해야 할 가장 중요한 일이 남아 있다. 5막을 쓰는 것. 무용수들을 고르는 일. 제작의 요구에 적응하기, 특히 사람들이 폭발하기를 바랄 때 폭발하는 가슴의 제작자를 찾는 일.

32 bis

—덱스트르?

—왜, 시니스트르?

—끝도 없는 권태 같은 게 느껴져, 넌 안 그래? 깊은 권태. 언제부터 우리에게 아무 일도 일어나지 않았지?

—어이구… 그게 그러니까 언제인가 하면…

—영역에 경계표가 생겼어, 시니스트르. 삶이 우리를 그 지루한 일상의 끈끈이 속으로 끌어들였어. 솔직하게 말해 봐, 시니스트르, 스물두 살짜리 젖가슴 하나가 삶으로부터 아직 뭘 더 기대할 게 있는 걸까?

—끝나는 걸 시작하는 거지.

―난 그게 무서워.

―시니스트르?

―왜, 덱스트르?

―젖가슴들은 죽으면 어디로 가는 거지?

―내가 알겠어? 알게 되겠지.

―바구니 안에서 썩나? 화장(火葬)되나? 분류 센터로 보내지나? 강물의 흐름을 따라가나? 우리 시골의 기름진 흙으로 들어가나? 파리들을 위한 잔치가 되나? 꽃으로 다시 환생하는 걸까? 배의 지방질과 섞이거나, 고통스러운 지라나 피곤한 허파 위에 쌓일까? 우리의 유해는 나머지 기관들과 섞여 기괴한 시신을 형성하게 될까? 일 초 만이라도 젖가슴의 천국이 존재한다고 생각해 봐.

―덱스트르!

―아냐, 이번 한 번만이라도 내 말을 들어봐. 이렇게 상상해 봐. 하나가 다음에 있고 그리고 그다음 뒤에 우리는 마침내 할 수 있을…

―아, 제발 그만해! 이제 그만하라고! 우리의 어리석음에 한계를 두어야 해! 우리는 하나의 죽은 육체가 하나의 죽은 육체라는 걸 알기 위해서 이 자리에 있는 거라고. 정신이나 영혼에 이런 그 우회는, 네가 원하는 대로 아무렇게나 불러. 그건 가장 천박한 행위들을 정당화하기 위해서 생겨난 미끼라고. 유방의 다음 세대가 좀 덜 멍청하게 죽기를 원하거든 당장 그들에게 사물을 정면에서 바라보는 방법을 가르쳐 주자고. 육체는 살아 있는 유일한 영혼이

야, 덱스트르, 존재하는 유일한 정신이라고. 모든 것이 육체 안에 있어. 육체를 해치는 것이 유일한 신성모독이야. 그건 하나도 복잡할 게 없다고, 제기랄… 그 반대되는 얘기를 하는 자는 너를 그에게 종속시키려는 목적을 가지고 있는 것뿐이야. 손을 예로 들어보자. 쇼팽의 〈야상곡〉 9번을 치느라고 바쁜 손이야. 그런데, 손은 그것을 연주하는 것이 뇌의 반구들이라는 것도 알고 있어. 내 말을 믿어. 그런데, 그의 귀에 가장 섬세한 뉘앙스들을 전해주는 고막의 선하고 충성스러운 봉사가 없었다면, 그 멍청한 뇌라는 놈은 쇼팽을 알지도 못했을 거라고.

　—네가 말한 것, 그거 아름답다, 시니스트르.

　—아냐, 덱스트르, 그건 아름답지 않아. 그건 진실한 거야. 뉘앙스가 달라.

　—시니스트르?

　—또 뭔데?

　—이 거위 깃털 펜, 이 종이, 이 흔들리는 불빛…

　—그게 뭐?

　—그러니까 이게 나를 지치게 해. 얼룩들도 많고, 고쳐 쓰느라고 그은 줄들이며. 좀 봐, 나는 아주 시퍼렇다고. 왜 컴퓨터로 쓰면 안 되는데? 적어도 그게 실용적이라는 건 인정하라고.

　—실용적이라, 그럴지도 모르지. 그렇지만 쪽꼭지로 쓰는 건 더욱 참여 문학적이고, 성찰적이야. 그건 더욱 깊은 영역에 도움을 청해. 이건 레지스탕스라고. 우리가 그걸 처음부터 강요하지 않

으면 젖꼭지 글쓰기는 존재하기도 전에 사라질 운명에 처하게 될 거야.

—알았다고, 잉크로 작업하자. 그렇지만…

—그렇지만 뭐?

—이 젖가슴의 자서전이라는 게…

—그런데?

—결국, 나는 나 자신에게 묻게 돼. 그게 정말 필요한 걸까, 라고.

—응, 필요해, 텍스트르. 삶은 거짓말을 할 줄 모르거든.

육체를 통과하여 얻은 새로운 언어

김 정 란(시인, 불문학자)

1. 발레와 육체
2. 젖가슴의 비극 또는 희극-
   바르브린 대(對) 덱스트르와 시니스트르
3. 자신의 언어를 향하여

육체를 통과하여 얻은 새로운 언어

김 정 란(시인, 불문학자)

1. 발레와 육체

발레는 아름답다. 그것은 어쩌면 인간이 만들어낸 예술 형식 중에서 가장 아름다운 것들 중 하나인지도 모른다. 발레를 좋아하지 않는 사람들도 그것이 아름답다는 사실을 부인하지는 않을 것 같다.

그런데 발레는 예술 활동 영역에서 매우 근본적인 문제를 제기한다. 발레는 육체를 예술 표현의 직접적인 수단으로 삼는다. 거의 '직접 예술art immediat'—이런 용어가 허용된다면 —이라고 부를 수 있다. 예술 활동의 중요한 원칙은 '재현'이다. 그 재현이 있는 것을 그대로 모방하는가, 아니면 상상적인 것을 창조하는가의 차이는 있지만, 모든 예술은 재현을 비껴가지 않는다. 그 재현에 매체가 동원된다. 글쓰기는 언어를, 음악은 소리를, 미술과 영화는 이

미지를 사용한다. 그런 활동들은 그 매체를 활용하는 주체가 육체를 가진 존재이며, 그 주체가 육체와 어떤 관계를 맺고 있는가에 따라 상이한 예술적 결과물을 만들어 낸다는 점에서 육체와 완전히 떨어져 있지는 않다. 그러나 그러한 장르들은 예술 활동 복판에 직접 육체를 끌고 들어오지는 않는다. 그렇다면 연극은? 연극 역시 배우의 육체가 예술 활동의 중심에 있다는 점에서 발레와 그 성격이 유사하다. 그러나 연극에서 배우의 육체는 언어를 전달하는 것이지, 육체 자체가 예술 행위의 모든 것을 결정하지는 않는다.

그러나 발레는 다르다. 그것은 육체 그 자체의 예술이다. 육체를 빼면 발레는 없다. 발레를 보러 가는 사람은 발레의 메시지를 들으러 가지 않는다. 그는 예술가의 육체 그 자체를, 그 움직임의 미적 완성도를 보러 간다. 발레는 이상화된 육체의 향연이다. 그런데 매우 흥미롭게도, 발레가 자신의 미적 완성을 위해 예술 활동 복판으로 가장 직접적인 방식으로 끌어들이는 육체는 가장 비육체적인 육체이다. 그 육체는 매우 흥미롭게도 육체가 아니라 육체의 이미지에 불과하다. 발레리나와 발레리노의 몸은 살고, 병들고. 무너지고, 살찌고, 비틀거리는 나날의 육체가 아니라 깎고, 다듬어지고, 아름답게 치장된 이상적인 육체이다.

어떻게 생각하면, 발레는 육체를 잊게 만들기 위해서, 또는 좀 더 시적으로 표현하면, "육체 밖으로 나가기 위해서", 육체의 '이곳 ici'을 부정하고 육체의 '저곳ailleurs'에 이르기 위해서만 육체를 예술행위 복판으로 데리고 온다고 말할 수 있을 지경이다. 발레 동작에 동원되는 모든 행위의 특징은 철저하게 반(反)자연, 반(反)육체를 지향한다. 발레리나는 발끝으로 걸어야 하며, 언제나 날아오를 준비를 하고 있어야 한다. 그녀는 중력의 지배를 받지 않는 존재처럼, '공간의 잠자리'처럼 움직인다. 이른바 '아라베스크'라고 불리는, 발레의 동작 중에서 최고의 난이도를 보이는 동작은 그 절정을 보여준다. 그것은 인간이라는 중력의 지배를 받는 존재가, 중력의 지배 상태를 부정하지 않은 채(또는 못한 채), 가능한 한 멀리 육체를 연장시킨 자세이다. 발레리나는 한 발로 땅을 딛고(물론 발끝으로) 땅과 하늘 중간에서, 몸을 가능한 한 멀리 잡아 뺀 상태에서, 절묘한 균형을 취한다. 육체는 자기 안에서 가장 멀리 늘어난 상태에서 땅과 하늘의 통합을 시도한다. 이 자세가 발레의 정점이다. 날아오르는 포즈는 그 아름다움에도 불구하고, 인간이 지배받는 중력의 원칙 때문에 오래 지속될 수 없다. 그러나 아라베스크는 꽤 오랫동안 지속이 가능하다.

아라베스크 또는 육체로 만들어진 이그드라실. 이승과 저승을 통합하는 신화적 육체.

따라서 이 작품의 주인공인 바르브린이 그녀의 좌절의 원인이 되는 큰 젖가슴이 저주의 원인으로 조심스럽게 거론되는 어머니의 큰 가슴의 비밀에 대해 알게 될 때, 그녀가 옛날에 발레리나였던 것으로 보이는 어머니가 옛날에 취했던 아라베스크 동작을 들여다보는 것은 매우 암시적이다. 아라베스크는 발레의 절정이기 때문이다. 바르브린은 아라베스크를 할 수 없게 될 것이다. 오로

지, 단지, 큰 가슴 때문에.

2. 젖가슴의 비극 또는 희극-바르브린 대(對) 덱스트르와 시니스트르

이 작품은 바르브린이라는 발레리나 지망생과 각기 덱스트르와 시니스트르라고 불리는 한쌍의 젖가슴의 독백이 번갈아 나타나는 형식으로 구성되어 있다. 이 두(셋?) 등장인물들은 절대로 소통하지 않는다. 서로 딴 이야기만 한다. 그 소통 불가능성 자체가 이 작품의 철학적 바탕을 이룬다. 여성의 육체적 조건을 상징하는 젖가슴은 여성 주체의 의지와 상관없이 따로 존재한다는 것. 한 쌍의 젖가슴은 그들의 주인인 바르브린이 자기들 때문에 겪게 되는 비극에는 아무 관심도 없다. 그들은 자기 발현만 사납게 추구한다.

이들의 따로 노는 운명은 그 이름 안에서 이미 나타나고 있다. Barberine은 'barber'(지루해 하다)라는 동사에서 만들어진 것으로 보인다. 그렇지 않다면 'barbare'(야만인)나. 무리한 추정일 수도 있지만, 이 추정은 이 작품을 이해하는 데 일정 부분 도움이 된다. 오늘날 '야만인'이라는 단어로 쓰이는 '바르바르'는 어원적으로는 단순히 언어적인 상황을 나타낸다. '바르바르'는 의성어로 엮어의 blabla 접두의 이미를 가시고 있다. 고대 문명의 중심이었던 자부심 넘치는 그리스인들이 보기에 '바르바로이'는 '바르바르(어쩌구저쩌구) 떠들어대는 사람들', 즉 그리스인들이 알아들을 수 없는 말을 하는 사람들이라는 뜻이었을 뿐이다.

바르브린은 대체로 무능한 '바르바르'이다. 그 무능함은 주로 언어의 무능함으로 나타난다. 그녀는 문학에 아무 관심도 없고 소질도 없다. 그러나 그것은 문학적 재능이 없다는 뜻이 아니라, 그녀가 자신의 언어를 가지고 있지 못하다는 뜻이다. 그녀의 남성 파트너들이 대체로 말을 잘한다는 사실과 비교해 보면, 그 언어적 무능의 의미는 분명하게 드러난다. 바르브린의 첫사랑 올리비에는 무려 5개 국어를 하며, 아르토, 스타니슬랍스키 같은 전위적 문인들의 문학을 또르르 꿰고 있다. 반면에 바르브린은 독일의 희곡작가 '브레히트가 세제 이름인 줄 알았[을]" 정도로 문학에 무지하다. 그녀는 자신의 언어를 가지고 있지 못한 바르바르이다. 그녀의 비극은 궁극적으로는 큰 젖가슴이 아니라, 그녀가 자신의 언어를 가지고 있지 못하다는 사실에서 기인한다. 그녀의 젖가슴을 쓸모없는 살덩어리로 만든 것은 그녀 자신이다.

반면에 바르브린과 따로 노는 한 쌍의 젖가슴 덱스트르와 시니스트르의 이름은 기호적으로 분명하게 설명된다. '덱스트르dextre'는 '오른쪽의'라는 뜻이고, '시니스트르sinistre'는 '냉소적'이라는 뜻이다. 오른쪽은 명백하게 이 젖가슴의 성향이 체제적이라는 것을 나타내며, '냉소적'이라는 형용사는 지성 원리의 한 극단을 보여준다. '지성적'이기 위해서는 상황에 매몰되어서는 안 되며, 문제들로부터 일정한 거리를 유지해야 하며, 분석 대상으로부터 감정적으로 독립되어 있어야 한다. 덱스트르가 덤벙대는 반면, 시니스트르는 차분하게 상황을 직시하며, 문제를 체계적으로 해결해 나간다. 특히 그는 일반적으로 재난으로 느껴지는 상황을 유머스럽게 뒤집는 능력을 가지고 있다. 텍스트르가 정공법을 택한다면, 시니스트르는 가볍게 치고 빠진다.

표면적으로 텍스트르-시니스트르 쌍둥이 형제의 상황을 전하는 것은 텍스트르다. 작가가 왜 '오른쪽 젖가슴'에게 대변인 역할을 시켰는가 하는 것은, 작가가 왜 여성 특유의 육체적 조건인 젖가슴을 남성으로 형상화했는가와 연관이 있다.

시니스트르는 이 작품의 매우 재치 있고 유머스러운 결말 부분에서 젖가슴의 앙가주망, 젖가슴으로 쓰는 저항문학을 이야기하면서, 자신의 좌파성과 혁명성을 강조하지만 이들의 세계관은 실상은 매우 부르주아적이며 —이들이 자신들의 최고의 성취로 여기는 솔렌의 수유 장면을 베르사이유 잔치에 비교하고 있는 것을 눈여겨볼 것— 체제적이다. 그 사실은 이들이 존재의 탄생의 근원이 되는 정자의 난자 착상을, 수십억 마리의 다른 정충들을 이겨낸 하나의 우월한 정충의 찬란한 승리, 우월한 자에 의한 못난 자들의 '대량학살genocide'로 묘사하고 있다는 사실로 분명해진다.

가장 뛰어난 놈이 수십억 마리의 한량들, 줏대 없는 놈들, 낙오자들, 게으름뱅이들, 논다니들, 제3세계주의자들, 영양 결핍자들, 무능력자들, 잉여인간들, 거지들, 천민들, 빙청이늘, 상속권 박탈자들, 밀려난 놈들, 낭만주의자들, 상대주의자들, 예술가들, 빨갱이들, 놀고먹는 놈들, 아나키스트들, 기권자들, 망설이는 놈들, 평등주의자들을 때려잡고 승리하기를! 결국 최초의 대량학살이다! 열네 번째 날 한복판에 이루어지는!

따라서, 우리는 이 작품에서 작가가 왜 바르브린의 한 쌍의 젖가슴에게 남성의 성을 부여했는지 이해하게 된다. 이 말 잘하고 유능한 젖가슴들, 바르브린이 죽음의 다이어트로도, 살아서 미라가 되는 압박붕대 감기로도, 절망한 주인공이 자살 시도를 거쳐 감행하는 유방 절제 수술로도 쫓아낼 수 없었던(유방 절제수술 후, 가슴이 저절로 다시 복원될 수 있는가 하는 의학적 문제는 여기에서 논의의 대상이 아니다. 중요한 것은 유방의 자기 완결성에 대한 악착같은 상징적 욕망일 뿐이므로) 이 무시무시한 자기집착은, 젖가슴이 여성 육체의 일부가 아니라, 여성의 육체를 대상화하는 시선의 환상이라는 것을 드러낸다. 젖가슴의 주인은 그것을 가진 여성이 아니라, 그것을 욕망하는 남성인 것이다. 바르브린의 실패한 첫사랑 올리비에와의 관계에서 그것은 명백하게 드러난다. 올리비에는 바르브린이 아니라 바르브린의 젖가슴을 사랑했다.

그렇게 이해하면, 바르브린의 젖가슴은 바르브린의 가슴 한복판에 달린 두 개의 팔루스라고 이해할 수도 있다. 아닌 게 아니라, 이들은 수평의 육체 안에서 수직성을 노골적으로 지향한다.

우리는 꼭지를 매트리스에 대고 으깨지 않고, 별들을 향해 세운 채 잠드는 것을 더 좋아했다. 우리는 자연히 천체들을 향해 몸을 돌렸다.

그리고 우리는 높이를 택했다. (…) 그리고 우리는 우리 꼭지 끝보다 더 멀리 보았고, 세계의 광대함을 응시했으며, 지평선을 껴안았다. 우리의 수직적인 삶은 그렇게 시작되었다. (강조 : 필자)

이 여성 육체 복판에 있는 남성적 기관은 그것의 주인이 자기들로 인해 고통을 겪건 말건 아무 관심도 없다. 다만 자신들의 목적을 향해 일직선으로 내달릴 뿐이다. 그 목적은 쾌락의 추구다. 쾌락은 그들에게 실존 전체의 어떤 집중, 또는 감각적 확산의 경험이 아니다. 그것은 철저하게 자기반영적이며, 이렇게 말하는 것이 허용된다면, 육체적이지조차 않으며 단지 '기관적organique'일 뿐이다. 그것은 존재 전체로 퍼져, 그것을 고양시키는 데 종사하지 않는다. 쾌락은 육체의 어느 영역에 머물러 있다. 그것은 존재 전체를 다른 곳으로 운반하지 않는다. 즉, trans하지 않는다. 그것은 육체 안에 머물러 있다.

이들이 쾌락의 추구를 향해 올인하는 것은 사실은 쾌락 그 자체가 목표가 아니다. 이들은 자신들에게 쾌락을 가져다준 그 남성적 존재를 이용해 후손을 만들어내는 것, 그리고 그 후손에게 자신들의 안에 형성된 액체를 먹여 기르는 것을 지상 목표로 삼는다. 결과적으로, 태어난 아기는 여자아이지만, 이들이 여자아기가 아니라 남자아기를 원했을 것이라는 것은 불을 보듯 뻔한 이야기이다. 그들은 남성인 자신들의 남성 후손을 바르브린의 몸으로부터 기대한다.

우리는 사내아이를 원했나. 쇼마 바르브린보다는 꼬마 조슈를. 편집증적이고 피해망상적인 패배자보다는 밝고, 강하고, 평온한 승리자를.

그러나 단지, 운율적 아름다움 때문에 선택되었을 뿐이라는 바르브린의 아기의 이름 솔렌Solene 안에 남성적 영광의 천체 태양 Soleil이 어른거리는 것을 눈치채지 않을 수 없다. 그 의심은 바르브린이 자신의 고통의 근원으로 어머니를 지목하면서도, 그녀의 존재를 우물우물 감추는 반면, 뉴욕이라는 낯선 장소로 떠나면서, 몇 가지 챙겨 넣는 물건에 아버지의 파자마를 끼워 넣는 장면에서 상당히 확고해진다. 바르브린은 어머니의 딸이 아니라 아버지의 딸인 것처럼 보인다. 가부장제의 희생자인 그녀는 그녀의 남성적 기관인 젖가슴에게 휘둘리는 것만큼 아직도 가부장제로부터 독립할 준비가 되어 있지 않은 것 같다.

반드시 필요한 현재의 꾸러미 하나만 남긴다. 청바지들, 티셔츠들, 팬티들과 양말들, 아버지 파자마 한 두어 벌. 왜냐하면, 허세를 부려 봐야 소용없다. 나는 마음을 안심시켜 주는 아버지의 냄새 없이는 적대적인 환경 안에서 십분도 살아남을 수 없을 것이기 때문이다.

3. 자신의 언어를 향하여

가장 육체적인 예술이면서도 가장 반 육체적인 예술 발레는 여성 예술가에게 압도적인 지위를 부여해 왔던 거의 유일한 고전 예술 장르이다. 남성을 거세해서 소년의 여성적 요소를 유지시키거나, 가면을 사용해서 남성으로 하여금 여성의 역할을 시키고, 여성에게서 예술가의 역할을 박탈하는 시도는 여러 장르에서 이루어졌다. 그러나 발레에서는 그런 페이크가 통하지 않았다. 발레에서는 처음부터 발레리나가 발레리노보다 압도적으로 중요한 역할을 해왔다. 왜냐하면, 여성 육체의 아름다움은 아무리 가장으로 숨긴다고 해도 남성 육체로 대체가 불가능한 것이기 때문이다. 그 비밀은 여성 육체의 매끄러운 곡선 안에 있다. 그 곡선의 정점이 바로 젖가슴이다. 그러나 그 젖가슴은 절대로 볼륨이 지나치게 커서 수직적 도약을 방해할 정도가 되어서는 안 된다. 그것은 있는 둥 마는 둥 해야 한다.

장래 어마어마한 모양이 될 나의 가슴, 모든 것을 망쳐버리게 될 그 가슴에 대해서. 왜냐하면 나는 발레리나가 되고 싶었기 때문이다. 그런데 젖가슴은 발레리나에게는 음악가가 듣지 못하는 것과 같다. 그것은 저주이다.

젖가슴 때문에 발레리나가 될 수 없었던 바르브린은 사실은 천재적인 발레리나였다. 그녀는 아기 때부터 고양이를 멘토로 삼아 발레에 입문했다. 그런 그녀가 자신의 좌절을 막연하게 예감하는 것은 어머니의 옛날 사진첩을 통해서이다. 그 사진첩에서 바르브린은 자신이 지금도 해내기 힘들 것 같은 아라베스크 자세를 하고 있는 옛날 어머니의 모습을 발견한다. 어머니가 발레를 그만둔 것은 큰 젖가슴 때문이었던 것 같지만, 단 한 번도 명확하게 언급되지 않는다. 빌레리나였던 어머니는 딸에게 큰 가슴을 물려준 데 대해 아픈 마음을 가지고 있는 듯하지만(몇 차례 간접적으로 언급), 딸의 발레 활동에 대해 아무 언급도 없다. 그녀가 발레리나였다는 언표도 아주 흐릿하게, 거의 뭉개진 형태로 간접적으로만 제시될 뿐이다. 그녀는 딸에게 브래지어를 사주는 것 외에 거의 아무 역할도 하지 않는다.

아마도, 작가는 '큰 가슴의 비극'을 어머니의 탓으로 몰아버리는 데에 심리적 부담을 느꼈던 것 같다. 비극의 무게는 너무 무겁고, 그 원인은 누구의 잘못도 아니다. 어머니가 느꼈을 죄책감은 사실 문학적으로 또는 기호적으로 그 의미가 무에 수렴한다. 작가가 문학적으로 관여할 여지가 없는 것이다. 그러나 작가는 그 잔해를 남겨 놓음으로써, 바르브린의 젖가슴의 문제가 여성 전체와 관여되는 육체적 문제라는 암시를 던져 놓는다. 여성은 젖가슴을 가지기로 선택한 적이 없다. 그것은 유전적으로 주어진다. 그러나 그 때문에 심각한 문제가 발생하기도 하는 것이다. 바르브린의 경우처럼.

버벅거리며 말을 잘하지 못하는 바르브린과 말 잘하는 쌍둥이 젖가슴 형제의 대비는 시제 사용을 통해서도 흥미롭게 드러난다. 바르브린이 하는 이야기는 거의 언제나 현재시제를 사용하고 있다. 정말 반드시 필요한 부분 몇 군데만 빼면, 작가는 어색함을 무릅쓰고 현재시제를 고집한다(우리의 번역도 작가의 형식적 의도를 고려하여, 바르브린의 말은 거의 현재시제로 옮겼다). 그것은 바르브린이 자신에게 닥치는 상황을 그때그때 헤쳐나갈 뿐, 전망도 가지고 있지 못하고, 자신을 통시적(通時的)으로 파악하는 데 실패하고 있다는 사실을 암시한다. 바르브린은 현재시제와 함께 자신의 상황 안에 옴짝달싹하지 못하고 갇혀 있다. 반면에 덱스트르의 말은 온갖 시제를 자유자재로 활용한다. 특히 일상생활에서는 거의 사용되지 않는 단순과거passe simple 활용이 빈번하게 이루어진다. 특히 쾌락을 추구할 때 단순과거가 압도적으로 사용된다. 단순과거는 대체로 과거의 완전히 끝나버린 역사적 과거를 서술할 때 사용되는 시제로, 현재와의 아무 연관성도 가지고 있지 않은 과거시제이다. 그 어미변화가 매우 남성적인 느낌을 주며, 그 때문에 라틴어의 장중한 느낌이 든다. 따라서 일상생활에서는 거의 사용되지 않으며, 문학작품에서도 현대작가의 작품에서는 단순과거가 거의 사용되지 않는다.

텍스트르로 하여금 쾌락의 추구 안에서 이 시제를 사용하게 만든 작가의 의도는 분명해 보인다. 그녀는 남성 존재로 표상된 젖가슴에게 단순과거로 지칭되는 쾌락의 추구를 하게 만듦으로써, 젖가슴이 바르브린의 현존재와 무관하게 추구하는 쾌락이 그녀의 실존과 거의 상관이 없는, 그 자체의 자기충족성을 가지는 어떤 별도의 원리라는 것을 말하려고 하는 것처럼 보인다. 여성의 육체 안에서 여성의 실존과 상관없이 진행되는 남성 원리의 폭력적 추구.

쾌락과 시제의 문제가 연관되어 있다는 사실은 바르브린의 말에서 복잡한 시제 사용이 쾌락의 추구와 관련되어 딱 한 구절에서 사용되고 있을 뿐이라는 사실을 고려해 넣으면 더욱 분명해진다. 임신을 하고 젖이 돌기 시작하면서 바르브린은 자기도 모르게 자위에 대한 이해하기 힘든 욕구가 자신을 지배하는 것을 느낀다. 그녀는 평소에 눈길도 주지 않았던 야한 속옷을 산 뒤, 그것을 입어보고, 그리고 자신도 모르게 자신을 지배한 쾌락의 문제를 단순

과거와 접속법 반과거로 끊어버린다. 단호하게.

어떤 날에는, 이야기하기 쑥스러운 욕망이 생겨나기도 했다. 나는 어떤 가게 진열장에서 아주 멋진 속옷을 보고 반해서 멈추어 섰다.(…) 가장 놀라운 것은, 내가 그 속옷을 샀을 뿐 아니라, 아파트에 돌아와 서둘러 입어보기까지 했다는 사실이다(Le plus surprenant ne fut pas que j'en fisse l'acquisition mais que je m'empressasse de le porter). 그것은, 애무를 백배쯤 강하게 느끼게 만드는 이 파괴적인 자위 충동을 단호하게 끝내 버리겠다는 결심에서 나온 행동이었다.

접속법은 객관적 사실이 아니라, 주체의 견해와 느낌을 전달하는 어법으로, 우리는 바르브린이 이 구절에서 자신의 결심을 단순 과거 맥락에 배치하고 있다는 것을, 그리하여 이제 바르브린이 자신의 안에서 따로 노는 남성적 쾌락과 결별할 것이며, 그리고 그것을 넘어서 '젖을 먹여 키우는' 그 쾌락의 결과물의 생존에 생물학적 방식으로 매여 있지 않게 될 것이라는 것을 예상할 수 있게 된다. 아닌 게 아니라, 그녀는 솔렌이 이유할 때까지 수유한 다음, "수도꼭지를 잠그기로 결심한다." 그러므로 이제 그녀는 자신의 말을 찾아낼 것이다. 이제 바르브린이 아니라 덱스트르와 시니스트르가 침묵해야 할 때가 된 것이다.

바르브린이 그녀 자신의 말을 찾을 것이라는 희망은 그녀가 고전발레를 포기하고 현대무용으로 전환할 때부터 예상되었던 일이다. 그녀는 자신의 문학적 무지를 이사도라 던컨에 대한 매혹을 매개로 극복해 가기 시작한다. 따라서 이 책 여기저기에 화려하게 흩어져 있는 예술가들의 이름은 단순히 작가의 현학적 취향만을 나타내지 않는다. 그것은 바르브린으로 하여금 그녀의 말을 찾아내게 해준 등대 같은 존재들이다. 바르브린은 그 등대들을 좇아서 유럽을 떠나 뉴욕으로 간다. 그녀가 그 뉴욕에서 젖가슴 때문에 힘겨운 모욕을 당하고 임신이라는 어려운 상황에 처한 것은, 그 새로운 언어가 육체를 비껴가거나, 지나가는 것이 아니라, 육체를 관통해서 찾아내어야 하는 것이기 때문이다.

그리고 바르브린에게서 고전 발레를 빼앗아갔던 저주의 젖가슴, 그녀를 땅으로 고꾸라지게 했던 무거운 살덩어리, 쾌락의 자기반영성 안에 빠져 있던 젖가슴은, 풍선이 되어 그녀를 하늘로 들어 올린다. 그 가슴들은 허공에서 폭발하여 자기 밖으로 튀어나간다. 새로운 언어가 눈부시게 폭발한다. 억압의 매체가 억압을 폭발시키는 수류탄의 핀이 된 것이다.

＊ 발레 용어 해설에 도움을 주신 중앙대학교 무용학과
최상철 교수님, 국립 공주대학교 무용학과 박경숙
교수님과 의학용어 이해에 도움을 주신 이상환
신경정신과 이상환 박사님께 고마움을 전합니다.

La Ballerine aux gros seins

큰 가슴의 발레리나

초판 1쇄 발행 2019년 2월 20일

지은이 베로니크 셀

옮긴이 김정란

펴낸이 김종해

펴낸곳 문학세계사

주소 서울시 마포구 신수로 59-1, 2층(04087)

전화 02-702-1800

팩스 02-702-0084

이메일 mail@msp21.co.kr

홈페이지 www.msp21.co.kr

페이스북 www.facebook.com/munsebooks

출판등록 제21-108호(1979. 5. 16)

ISBN 978-89-7075-903-6 03860

이 도서의 국립중앙도서관 출판예정도서목록(CIP)은 서지정보유통지원시스템

홈페이지(http://seoji.nl.go.kr)와 국가자료종합목록시스템(http://www.nl.go.kr/kolisnet)에서

이용하실 수 있습니다. (CIP제어번호 : CIP2019002772)